Émile Zola

Das Gelübde einer Sterbenden

www.elv-verlag.de

Zola, Émile

Das Gelübde einer Sterbenden

ISBN: 978-3-86267-050-5

Auflage: 1
Erscheinungsjahr: 2011
Erscheinungsort: Bremen, Deutschland
Europäischer Literaturverlag GmbH, Fahrenheitstr. 1, 28359 Bremen
www.elv-verlag.de

Das Gelübde einer Sterbenden

www.elv-verlag.de

Gegen Ende des Jahres 1831 war unter der Rubrik »Vermischtes« in dem »Semaphore«, einer Marseiller Zeitung folgender Bericht zu lesen:

»Gestern Abend hat eine Feuersbrunst mehrere Häuser im Dorfe Saint-Henri zerstört. Den Widerschein der Flammen, die sich im Meere abspiegelten, konnte man von unsrer Stadt aus sehen und diejenigen Personen, die sich auf den Felsen von Endoume befanden, hatten das schreckliche und großartige Schauspiel deutlich vor Augen.

Einzelheiten fehlen noch. Im Publikum erzählt man sich mehrere mutige Rettungstaten. Wir begnügen uns für heute eine grausige Episode des Schauerdramas zu berichten.

Ein Haus geriet von unten so schnell in Brand, dass man den Bewohnern keine Hülfe mehr bringen konnte. Das Geschrei der Unglücklichen war entsetzlich mit anzuhören.

Plötzlich erschien an einem der Fenster eine junge Frau, die ein Kind in den Armen hielt. Man konnte von unten sehen, wie ihr Kleid zu brennen anfing. Das Gesicht von Schrecken entstellt, die Haare wirr aufgelöst, starrte sie, wie vom Wahnsinn ergriffen, vor sich hin. Als dann die Flammen an ihren Kleidern höher emporleckten, schloss sie die Augen, drückte das Kind fester an ihre Brust und sprang zum Fenster hinaus.

Als man hinzukam, um sie aufzuheben, lag die Mutter mit zerschmettertem Schädel da, das Kind aber lebte noch und streckte weinend die Händchen aus, um sich der furchtbaren Umarmung der Toten zu entziehen. Es heißt, das Kind, das keinen Verwandten mehr auf der Welt habe, sei von einem jungen Mädchen adoptiert worden, deren Name uns nicht bekannt ist und die dem Adel des Landes angehört. Eine so edle Tat ist über alles Lob erhaben.

I.

Das Zimmer war nur schwach durch das matte Licht der Abenddämmrung erhellt. Die halb geöffneten Gardinen ließen die hohen Wipfel der Bäume sehen, die in den letzten Strahlen der Sonne rot erglänzten. Unten, auf dem Boulevard des Invalides, spielten Kinder und ihre hellen Lachsalven stiegen, lieblich abgedämpft, herauf.

Der Frühling nach der schrecklichen Februarrevolution 1848 brachte, neben lauen Lüften, empfindliche Kälte. Ein kühler Wind bewegte auch an jenem Abend die Gardinen. In dem Zimmer breitete Wehmut ihre düstere Schwingen aus. Die Möbel hoben sich undeutlich von den hellen Wanddraperien ab; das blaue Muster des Teppichs nahm allmählich eine matte Färbung an. Die Nacht war schon in die Ecken und in den oberen Teil des Zimmers eingedrungen. Nur ein langer, weißer Streifen, der von dem einen Fenster ausging, warf ein fahles Licht auf das Bett, in dem Frau von Rionne in Todesängsten röchelte. So von der Dämmerung und der ersten Frühlingsmilde durchwogt, schien das Zimmer gleichsam Mitleid mit der Leidenden kundzugeben. Das Schattendunkel nahm hier Durchsichtigkeit an; die Stille atmete unsägliche Melancholie; die Geräusche der Außenwelt verwandelten sich hier in Beileidsgemurmel und es war, als hörte man ferne Klagelaute. Blanca von Rionne saß, den Kopf in Kissen gelehnt, halb aufrecht und sah mit weit offnen Augen in das Halbdunkel hinein. Der matte Lichtstreifen erhellte ihr abgemagertes Gesicht; ihre entblößten Arme lagen auf dem Bettuch; ihre unruhigen Hände zupften an der Decke, ohne dass sie sich dessen bewusst war. Und lautlos, die Lippen halb geöffnet, von lang anhaltenden Schauern geschüttelt, hing sie Todesgedanken nach, während sie den Kopf langsam rundum bewegte.

Sie zählte kaum dreißig Jahre. Von schmächtigem Körperbau, erschien sie noch schwächlicher infolge der Krankheit, aber das ausdrucksvolle Gesicht deutete auf einen außergewöhnlichen Verstand, eine seltene Herzensgüte und Liebesfähigkeit, eine große Seelenstärke, die sogar dem Tode Trotz zu bieten vermochte.

Gleichwohl war ihr hin und wieder anzumerken, dass sie die Liebe zum Leben nicht vollständig niederzuzwingen vermochte. Ihre Lippen erzitterten dann, ihre Hände krampfen sich heftiger in das Bettuch, die Angst verzerrte ihr Gesicht und ihren Augen entrollten schwere Tränen, die das Fieber schnell auf ihren Wangen trocknete. Es schien dann, als wolle sie vermöge ihrer Willenskraft den Tod zurücktreiben.

Sie neigte sich dann auch vor und betrachtete ein sechsjähriges, kleines Mädchen, das auf dem Teppich saß und mit den Quasten der Bettdecke spielte. Die Kleine blickte bisweilen, von plötzlicher Furcht gepackt, empor und machte eine betrübte Miene; in dem Augenblick aber, wo sie losweinen wollte, sah sie die Mutter ihr freundlich sanft zulächeln, worauf sie sich wieder ihrem Spiel zu wandte und sich leise mit der sogenannten Puppe unterhielt, die sie sich aus einem Lakenzipfel zurecht gemacht hatte.

Und doch konnte man sich nichts traurigeres vorstellen, als dieses Lächeln der Mutter. Sie wollte ihre Jeanne bei sich behalten, bis zum letzten Augenblicke und suchte den Schmerz zu verbergen, um das Kind nicht zu erschrecken. Sie sah ihrem Spiel zu, horchte auf ihr Gepapel, vergaß über der Betrachtung des blonden Köpfchens, dass sie im Sterben lag und das liebe Wesen verlassen musste. Dann aber besann sie sich wieder, dass ihr Körper schon zu erkalten anfing, und nun packte das Entsetzen sie wieder an der Kehle, denn das Einzige, was ihr den Tod so schrecklich machte, war ja der Gedanke, dass sie ihr Kind allein in der Welt zurückließ.

Die Krankheit war von vornherein erbarmungslos aufgetreten. Eines Abends, kurz nach dem Schlafengehen, hatte das Übel sie befallen und sie in noch nicht vierzehn Tagen an den Rand des Grabes gebracht, ohne dass sie auch nur ein Mal von dem Krankenlager aufstehen, ohne dass sie Vorkehrungen für Jeanne's Zukunft treffen konnte. Sie sagte sich, dass sie ihr Kind hilflos zurückließ, dass es keinen andern Führer auf seinem Lebenswege haben werde, als seinen Vater, und was für einen erbärmlichen Führer dieser abgeben würde, war ein Gedanke, der sie mit Bangigkeit erfüllte.

Plötzlich war ihr zumute, als wollte ihr das Bewusstsein entschwinden, was sie für einen Vorboten des herannahenden Todes hielt. Fassungslos vor Angst lehnte sie den Kopf wieder auf das Kissen zurück und rief:

»Jeanne, geh und sage Deinem Vater, er möchte zu mir kommen.«

Nachher, als das Kind herausgegangen war, bewegte sie wieder den Kopf. Mit weit geöffneten Augen, die Lippen fest aufeinander gepresst, machte sie eine verzweifelte Anstrengung, um noch eine Weile das Leben festzuhalten und nicht früher von hinnen zu gehen, bis ihr Mutterherz beruhigt sei.

Man hörte jetzt nicht mehr das Lachen der Kinder auf dem Boulevard, und die Bäume hoben sich in düsteren Massen von dem blassgrauen Himmel ab. Die Geräusche der Stadt stiegen undeutlicher herauf. Die Stille nahm zu, man vernahm nur die langsamen Atemzüge der Sterbenden und ein unterdrücktes Schluchzen, das von einer Fensternische herkam. Dort weinte, durch die Gardine verborgen, ein achtzehnjähriger, junger Mann, Daniel Raimbault, der so eben in das Zimmer gekommen war und sich nicht bis an das Bett vorgewagt hatte. Da die Krankenwärterin sich auf einige Zeit entfernt hatte, war er unbeachtet in seinem Winkel stehen geblieben.

Daniel war ein von der Natur vernachlässigtes Wesen, das man höchstens auf fünfzehn Jahre geschätzt hätte. Nicht gerade verkrüppelt, aber seine mageren Gliedmaßen waren auf ganz vertrackte Weise in die Gelenke eingefügt. Seine blonden, beinah gelben Haare hingen in Strähnen herab und umrahmten ein langes Gesicht mit großem Munde und hervorstehenden Backenknochen. Indessen nahmen seine breite und hohe Stirn und seine sanft blickenden Augen zu seinen Gunsten ein. Aber die jungen Mädchen lachten über ihn, wenn er auf der Straße vorbeiging, namentlich wegen seiner ungeschickten, über die Maßen verlegenen Körperhaltung.

Frau von Rionne war die gute Fee seines Lebens gewesen. Sie hatte ihn heimlich mit Wohltaten überhäuft und als er endlich vor sie hintreten durfte, um ihr zu danken, hatte er sie auf dem Sterbebett gefunden.

Er stand also hinter der Gardine und brach jetzt, unfähig seinen Kummer länger in den Schranken zu halten, in ein lautes Geschluchz aus. Bianca hörte diese Klagelaute und richtete sich halb auf, um nach dem Fenster hinzusehen.

»Wer ist da?« fragte sie. »Wer weint hier in meinem Zimmer?«

Da trat Daniel vor und kniete an ihrem Bett nieder. Blanca erkannte ihn.

»Ach, Sie sind's, Daniel. Stehen Sie auf, lieber Freund, und weinen Sie nicht so.« Daniel vergaß seine Furchtsamkeit und Blödigkeit. Der Überschwang seiner Gefühle verlieh ihm Worte.

»O gnädige Frau«, rief er in herzzerreißendem Jammer und mit flehentlich ausgestreckten Händen, »lassen

Sie mich auf den Knien liegen und weinen. Ich war heruntergekommen, um Sie zu sprechen. Da hat mich der Kummer überwältigt, sodass ich meine Tränen nicht zurückhalten konnte. Ich war ungestört in dem Winkel und ich fühle mich gedrungen, Ihnen zu sagen, wie gut Sie sind und wie sehr ich Sie liebe. Seit über zehn Jahren habe ich geahnt, wem ich alles verdanke, seit über zehn Jahren schweige ich und droht mir das Herz zu zerspringen, von all der dankbaren Liebe, die ich für Ihre Güte empfinde. Also lassen Sie mich weinen. Wie oft habe ich an die selige Stunde gedacht, wo ich so vor Ihnen knien dürfte! Es war ein Traum, der mich für die Bitternisse meiner Kindheit tröstete. Ich gefiel mich darin, mir die Zusammenkunft mit Ihnen bis in die geringsten Einzelheiten auszumalen. Ich stellte mir Sie schön und glücklich vor; dachte mir aus, wie Sie blicken, welche Bewegungen Sie machen würden. Und nun liegen Sie so da! Ich wusste nicht, dass man zweimal eine Waise werden kann!«

Seine Stimme brach sich in seiner Kehle. Blanca betrachtete ihn bei dem letzten Tageschimmer und fühlte sich etwas getröstet und gestärkt angesichts einer solchen Verehrung und solchen Kummers. So war sie doch in ihrer Todesstunde für ihr gutes Werk belohnt.

Daniel fuhr fort:

»Ich verdanke Ihnen Alles und habe nichts, als meine Tränen, als Beweis meiner Ergebenheit. Ich betrachtete mich als Ihr Werk und wollte, dass dieses Werk ein gutes und schönes sein solle. Mein ganzes Leben, sagte ich mir, müsste der Dankbarkeit geweiht sein und Sie sollten dermaleinst noch stolz auf mich sein. Und nun habe ich nur wenige Minuten, um Ihnen zu sagen, was ich empfinde. Ich fürchte, Sie halten mich für undankbar, denn ich bin mir wohl bewusst, dass ich nicht beredt bin und nicht auszudrücken verstehe, was mein Herz bewegt.

Aber ich habe immer einsam gelebt und verstehe nicht, die Worte zu setzen. Was soll bloß aus mir werden, wenn Gott nicht Erbarmen hat mit Ihnen und mit mir?«

Frau von Rionne rührten diese in abgebrochnen Sätzen gestammelten Worte bis ins Innerste. Sie ergriff Daniels Hand und sagte:

»Ich weiß, lieber Freund, dass Sie kein undankbarer Mensch sind. Ich behielt Sie im Auge und habe erfahren, wie erkenntlich Sie sich für alles zeigten. Sie brauchen also nicht nach Worten zu suchen, um mir zu danken; Ihre Tränen sind Balsam genug für meine Schmerzen.«

Daniel hörte auf zu weinen und es trat eine kurze Pause ein.

»Als ich Sie nach Paris kommen ließ«, hob dann die Sterbende wieder an, »war ich noch bei voller Gesundheit und gedachte, Sie Ihre Studien fortsetzen zu lassen. Aber da überraschte mich die Krankheit und Sie kamen, ehe ich Ihre Zukunft sicher stellen konnte. Es tut mir leid, dass ich meine Aufgabe nicht vollendet habe.«

»Sie haben wie eine Heilige gehandelt«, fiel ihr Daniel ins Wort. »Sie schulden mir nichts, während ich Ihnen mein Leben und alles, was mir das Leben angenehm gemacht hat, verdanke. Die Wohltat ist ohnehin schon eine zu große. Sehen Sie mich doch an, was für ein Kümmerling ich bin. Wie oft habe ich mich Ihretwegen meiner körperlichen Erbärmlichkeit und meiner Unbeholfenheit geschämt! So manches Mal – verzeihen Sie mir den bösen Gedanken – habe ich geglaubt, mein Gesicht würde Ihnen missfallen und mich gescheut, mich vor Ihnen sehen zu lassen, weil ich fürchtete, meine Hässlichkeit könnte Ihre Güte gegen mich vermindern. Statt dessen haben Sie mich aber wie einen Sohn aufgenommen. Sie haben, trotz Ihrer Schönheit, einem missgestalteten Kinde die Hand gereicht, das noch keiner hat lieben mögen. Je mehr ich verspottet und verschmäht wurde, desto mehr verehrte ich Sie, denn ich begriff, welche unendliche Herzensgüte Sie besitzen mussten, um bis zu mir herabzusteigen. Deshalb wünschte ich, als ich herkam, ich wäre ein hübscher Mensch.«

Blanca lächelte über seine jugendliche Begeisterung, seine schmeichlerische Demut.

»Sie sind ein Kind«, sagte sie.

Sie versank eine Weile in Nachdenken. Dann suchte sie in der Dunkelheit Daniels Gesicht deutlicher zu erkennen und dachte, während das Blut wärmer durch ihre Adern rollte, an ihre Jugend.

»Sie empfinden tiefer als Andre«, fuhr sie fort, »und deshalb wird das Leben rau mit Ihnen umgehen.

Ich kann in dieser meiner letzten Stunde nur zu Ihnen sagen: Bewahren Sie mein Andenken als einen Talisman. Ist es mir nicht vergönnt gewesen, Sie zu versorgen, so habe ich Sie doch glücklicherweise instand gesetzt, Ihr Brot zu verdienen, den richtigen Weg zu gehen und dieser Gedanke tröstet mich einigermaßen, dass ich Sie so allein in der Welt zurücklassen muss. Denken Sie zuweilen an mich, lieben Sie mich, machen Sie, dass ich in jener Welt mit Ihnen zufrieden sein kann, so wie Sie hier mich geliebt und zufriedengestellt haben.«

Sie sagte dies so sanft, mit solcher Innigkeit, dass Daniel wieder die Tränen aus den Augen stürzten.

»Nein«, rief er, gehen Sie nicht so von mir, stellen Sie mir eine Aufgabe. Mein Leben wird inhaltslos werden, wenn Sie plötzlich daraus verschwinden. Ich habe seit über zehn Jahren keinen andern Gedanken gehabt, als den Wunsch, Ihnen zu gefallen, Ihnen in Allem zu gehorchen; was ich bin, dazu habe ich mich nur im Hinblick auf Sie gemacht; Sie waren das Ziel, das mir immer und überall vorschwebte. Wenn ich nicht mehr für Sie arbeite, werde ich schlaff und feige werden. Wozu dann noch leben, wofür kämpfen? Sorgen Sie also dafür, dass ich mich aufopfern kann! Geben Sie mir Gelegenheit, Ihnen meine Dankbarkeit zu bezeigen.«

Während Daniel sprach, erhellte gleichsam ein plötzlicher Gedanke Frau von Rionne's Antlitz. Sie setzte sich aufrecht, noch stark genug, um gegen ihre Schmerzen anzukämpfen.

»Sie haben recht«, fiel sie rasch ein, »ich habe eine Mission für Sie. Gott selber hat Sie an mein Sterbebett hergeführt. Der Himmel hat mir den Gedanken eingegeben, Ihnen eine helfende Hand zu reichen, damit Sie einst mir zu Hülfe kommen sollten. Stehen Sie auf, lieber Freund, denn jetzt bin ich die Bittende, jetzt ist die Reihe an Ihnen, mir Trost und Schutz zu gewähren.«

Als Daniel sich von den Knien erhoben und auf einem Stuhl Platz genommen hatte, fuhr Sie fort:

»Hören Sie mich an, ich habe wenig Zeit. Ich muss Ihnen Alles sagen. Ich habe gebetet, dass ein guter Engel zu mir kommen möchte, und ich will glauben, dass Sie dieser Engel sind, den mir Gott sendet. Ich habe Vertrauen zu Ihnen, denn ich habe Sie ja weinen sehen.«

Und nun schüttete sie plötzlich ihr ganzes Herz aus, ohne danach zu fragen, dass Daniel noch ein halbes Kind war. Ihre arme, leidbedrückte Seele sehnte sich nach einer Erleichterung, und so offenbarte sie jetzt auf dem Sterbebett, was sie ihr Leben lang in sich verschlossen hatte. Die glühende und demütige Verehrung, die der junge Mann ihr entgegenbrachte, hatten ihren stoischen Sinn erweicht. Sie freute sich nur, dass sie endlich beichten, dass sie einem teilnahmsvollen Herzen alle die seit so langer Zeit angesammelten Bitternisse, ehe sie die Erde verließ, erzählen konnte. Nicht, dass sie klagen wollte, sie wollte nur eine Last von ihrem Herzen wälzen.

»Ich habe ein einsames und tränenreiches Leben gehabt«, sagte sie. »Dies muss ich Ihnen sagen, damit Sie meine Ängste begreifen. Sie kennen mich nur als eine Glückliche; ich war in Ihren Vorstellungen eine Göttin, die aller Paradieseswonnen teilhaftig sein müsste. Ach, ich bin nur ein armes Weib, das lange Jahre hindurch schweren Kummer zu tragen hatte. Ich erinnere mich weinend der Freuden meiner Jugend. Eine wie schöne Kindheit habe ich in meiner Provence verlebt! Dann war ich auch stolz, wollte den Kampf ums Dasein tapfer bestehen, bin öfter mit blutendem Herzen aus diesem Kampf hervorgegangen.

Daniel horchte hoch auf; aber er erfasste nur halb den Sinn ihrer Worte und dachte, das Delirium habe schon begonnen.

»Ich heiratete einen Mann«, fuhr sie fort, »den ich nicht auf die Dauer lieben konnte und der mich bald der Einsamkeit meiner Mädchenzeit wiedergab. Ich musste also meinem Herzen Schweigen gebieten. Mein Mann nahm die Gewohnheiten seines Junggesellenlebens wieder auf. Ich kam nur bisweilen bei Tische mit ihm zusammen und wusste, dass sein ganzer Lebenswandel eine fortwährende Beleidigung meiner Frauenwürde war. Ich lebte mit meiner Tochter von der Welt abgeschieden in meinen Zimmern, wie in einem Kloster, und gelobte, dass ich hinfort mein Leben darin zubringen wollte. Manchmal indessen empörte sich mein ganzes Sein und es kostete mir viele geheime Seelenqualen, um heiter und glücklich zu scheinen.«

»Wie?«, dachte Daniel, »geht es so in der Welt zu? Meine gute Heilige hat leiden müssen! Die ich mir als ein höheres, seliges Wesen vorstellte, weinte Tränen des Elends, während ich sie auf den Knien anbetete! Gibt es denn hier auf Erden nur Schmerz und Jammer? Der Himmel verschont ja nicht einmal die Edlen, die seiner würdig sind. In was für einer schrecklichen Welt leben wir denn? Wenn sich meine Gedanken zu ihr emporschwangen, meinte ich, ihre Güte schütze sie gegen alles Leid. Sie war für mich eine heitere Lichtgestalt, eine Heilige mit einer Glorie um das Haupt und einem friedlichen Lächeln um die Lippen. Und nun höre ich, dass sie Tränen vergossen, dass ihr Herz geblutet hat, so wie meins, dass sie so unglücklich und vereinsamt in der Welt da steht wie ich!«

Sein Innerstes fühlte sich tief verletzt. Er schwieg erschrocken über die Leiden, die er ahnte. War es doch der erste Fortschritt, den er in der Wissenschaft des Lebens machte, und so bäumte sich seine Unerfahrenheit auf gegen die Ungerechtigkeit des Unglücks. Er wäre nicht so erbebt, wenn es sich um ein weniger teures Haupt gehandelt hätte; aber die grausame Wirklichkeit offenbarte sich ihm, indem sie das einzige Wesen, das er liebte, misshandelte. Zudem beschlich ihn auch ein banges Gefühl bei dem Gedanken, dass er von nun an selber tätigen Anteil an den Kämpfen des Lebens nehmen müsse. Gleichwohl trieb ihn sein Drang nach Selbstverleugnung energisch an, die letzte Beichte seiner Wohltäterin aufmerksam anzuhören. Handelte es sich doch um die letzte Willensmeinung einer Sterbenden, die ihm seine Pflicht für sein ganzes Leben vorschrieb.

Frau von Rionne erriet aus seinem Stillschweigen, was in ihm vorging, und bedauerte, dass sie den Frieden dieses kindlichen Gemüts zerstören musste. Ihrer edlen Eitelkeit wäre es lieber gewesen, wenn sein Gedächtnis von ihr nur ein ungetrübtes, übermenschlich hehres und schönes Bild behalten hätte.

»Ich erzähle Ihnen eine traurige Geschichte«, fuhr sie in ihrem sanftesten Tone fort, »und weiß nicht einmal, ob Sie mich richtig verstehen. Aber Sie müssen mir verzeihen, denn mein Mund tut sich von selbst auf. Ich beichte

Ihnen wie einem Priester, und ein Priester hat kein Alter, er ist nur eine Seele, die eine andre anhört. Sie sind jetzt noch ein Kind und meine Worte flößen Ihnen Schrecken ein. Aber als Mann werden Sie sich einst ihrer erinnern und dann werden Sie inne werden, was einer Frau für Leiden widerfahren können, und was ich von Ihrer Aufopferungsfähigkeit erwarte.«

»Sie halten mich wohl für feige«, fiel ihr jetzt Daniel in die Rede, »Ich bin nur unwissend. Das Leben schreckt mich, weil ich es nicht kenne und es mir vollständig düster erscheint. Aber wenn Sie es verlangen, stürze ich mich kühn hinein. Reden Sie: Was soll mein Auftrag sein?«

Blanca neigte sich näher zu ihm hin und sprach mit leiserer Stimme, als fürchte sie, ein Andrer könnte sie hören: »Sie haben mein Töchterchen gesehen, meine arme Jeanne, die eben dort spielte. Sie ist kürzlich sechs Jahr alt geworden und ich gehe von hier, ohne sie zu kennen, ohne zu wissen, ob sie den Keim des Glücks oder des Unglücks in sich trägt. Diese Ungewissheit verdoppelt meine Leiden und macht mir den Tod furchtbar. Denn indem ich das Kind allein zurücklasse, quält mich der Gedanke, dass es ihr vielleicht gehen wird wie mir: aber wer weiß, ob sie den Schlägen des Schicksals denselben Mut entgegensetzen wird, wie ich!«

Die Sterbende machte hier eine Bewegung, als wollte Sie eine lästige Vision verscheuchen. »Ehedem«, hob sie wieder an, »lebte ich der süßen Hoffnung, dass ich immer um sie sein, dass ich an dem Glück ihrer Zukunft arbeiten und ihr Herz unterweisen würde. Dann, als ich den Tod herannahen fühlte, sah ich mich nach Jemand um, der an meiner statt diese Rolle bei ihr übernehmen sollte, aber ich habe Niemanden gefunden. Meine Eltern sind tot und wie hätte ich zu einer Freundin kommen sollen, bei dem einsiedlerischen Leben, das ich geführt habe? Mein Mann hat nur noch eine Schwester und die lebt in einem Taumel von Vergnügen, sodass Jeanne nichts Gutes bei ihr lernen würde. Was aber meinen Mann selber betrifft, so denke ich nur mit Schrecken daran, was aus meiner Tochter werden würde, wenn sie ihm in die Hände fiele. Gerade gegen ihn will ich das Kind verteidigen.«

Sie hielt von Neuem inne, ehe sie den Schluss zog.

»Nun werden Sie also gemerkt haben, worin Ihre Aufgabe bestehen soll. Wachen Sie über meine Tochter, seien Sie sozusagen ihr Schutzengel.«

Daniel kniete zitternd vor Erregung nieder. Er konnte nicht sprechen und statt aller Antwort, statt aller Danksagungen, küsste er Frau von Rionne die Hand.

»Ich stelle Ihnen da eine sehr schwierige Aufgabe«, sagte sie noch, »und der Tod lässt mir nicht die Zeit zu überlegen, wie Sie ihr gerecht werden können. Ich mag auch nicht über die Schwierigkeit und Seltsamkeit Ihrer Rolle nachdenken. Hat aber der Himmel Sie hierher geführt und mir die Last vom Herzen genommen, so wird er auch in Zukunft gnädig sein. Er wird Ihnen eingeben, was Sie zu tun haben, er wird Ihnen die Mittel und Wege kund tun, dass Sie mir Wort halten können. Gedenken Sie nur meiner letzten Bitte und halten Sie sich brav. Ich habe Vertrauen zu Ihrer Treue.«

Jetzt fand Daniel endlich die Sprache wieder.

»Herzlichsten, herzlichsten Dank!« sagte er. »Nun werde ich wirklich leben. Wie gut Sie sind, dass Sie an mich gedacht, dass Sie mir Vertrauen geschenkt haben! So sind Sie bis zu allerletzt meine Wohltäterin geblieben.«

Blanca unterbrach ihn mit einer Handbewegung: »Lassen Sie mich ausreden. Der Stolz hat mich verhindert mein Vermögen gegen den Leichtsinn meines Mannes zu verteidigen. Ich habe ihm geringschätzig alles überlassen, was er verlangte. Gegenwärtig weiß ich nicht, wie es mit uns steht. Meine Tochter wird aber wahrscheinlich kein Vermögen haben und dieser Gedanke hat beinah etwas Angenehmes für mich. Schade nur, dass ich Ihnen kein Geld hinterlassen kann.«

»Bedauern Sie das nicht«, rief Daniel. »Ich werde arbeiten und der Himmel wird weiter sorgen.«

Die Kräfte der Sterbenden nahmen ab. Ihr Kopf glitt an dem Kissen herab und das Sprechen wurde ihr schwerer.

»So, nun ist Alles gut«, sagte sie. »Ich habe mein Herz entlastet und kann ruhig sterben. Wachen Sie also über Jeanne und seien Sie ihr ein Freund. Sie werden sie gegen die Welt beschützen müssen. Folgen Sie ihr so nahe wie möglich auf Schritt und Tritt, halten Sie alle Gefahren von ihr fern; wecken Sie alle Tugenden ihres Herzens. Vor allen Dingen aber sorgen Sie dafür, dass sie eines ihrer würdigen Mannes Frau wird, dann werden Sie Ihre Aufgabe gelöst haben. Wenn man einen schlechten Menschen heiratet, so weiß ich, wie einsam man da steht und wie viel Energie dazu gehört, um nicht auf Abwege zu geraten. Was auch geschehen mag, verlassen Sie sie nicht. Denken Sie immer daran, dass Ihre gute Heilige auf ihrem Sterbebett Sie inständigst gebeten hat, Ihrer Mission treu zu bleiben. Schwören Sie mir das?«

»Ich schwöre es«, stammelte Daniel, dessen Stimme die Tränen erstickten.

Blanca schloss die Augen wie ein müdes Kind. Dann schlug sie sie langsam wieder auf. »Was ist dies alles schrecklich, lieber Freund«, murmelte sie. »Ich weiß nicht, was das Schicksal Ihnen vorbehält, aber mir ahnt, dass Sie auf große Hindernisse stoßen werden. Indessen der Himmel wird sorgen, wie Sie richtig gesagt haben. Küssen Sie mich.« Daniel beugte sich, fassungslos vor Schmerz, nieder und drückte seine bebenden Lippen auf

Frau von Rionnes blasse Stirn. Sie hielt die Augen geschlossen und lächelte bei diesem Kuss der Treue und Liebe.

Mittlerweile war die Nacht vollständig hereingebrochen und die Sterne glänzten am wolkenlosen Himmel. Da ließen sich Schritte vernehmen und die Kammerfrau kam mit einer Lampe herein. Sie trat an die Sterbende heran.

»Ihr Herr Gemahl ist da, gnädige Frau.«

Und während Daniel sich wieder in seine Fensternische zurückzog, trat heftig erschrocken Herr von Rionne in das Zimmer.

II.

Blanca war in Südfrankreich, in der Umgegend von Marseille geboren. Als sie dreiundzwanzig Jahre zählte, hatte sie Herrn von Rionne geheiratet. Sie war eine edle Seele, die schon früh das Elend des Daseins voraussahnte und hatte sich vorgenommen, nie einen Fingerbreit vom Wege der Pflicht abzuweichen, nie ihrer Würde das Geringste zu vergeben. Ihre Tugend und Willenskraft, dachte sie, würden eine ausreichende Schutzwehr für sie sein. Deshalb bemühte sie sich nicht einmal, als sie ihrem Vater zu Gefallen heiratete, von Rionne's Charakter näher kennen zu lernen. Sollte sie in der Ehe nicht glücklich sein, so dachte sie in ihrem naiven Stolze, würde sie zu dulden verstehen.

Das Schicksal nahm sie beim Wort und stellte ihre Standhaftigkeit auf eine harte Probe, aus der sie mit Ehren hervorging. Von Rionne war ein Mann von liebenswürdigen, feinen Manieren und von eleganter Erscheinung, der auch in moralischer Hinsicht nicht zu dürftig veranlagt war und ein guter Mensch hätte sein können, der es aber vorzog, seinem schlechteren Ich zu gehorchen. Er war dem Laster gegenüber kläglich haltlos und feige, daneben aber voll edler Absichten, und voller Mitgefühl mit allen Leiden seiner Nebenmenschen. Er tat das Böse mit klarem Bewusstsein, ohne sich im geringsten zu schämen, und er konnte auch das Gute tun, wenn er wollte. Nur schade, dass es ihm keinen Spaß machte.

Anfangs sah er seine Frau nicht für voll an und spielte nur mit ihr, wie er es mit seinen Maitressen zu tun gewohnt war. Er fand sie reizend und ihre Anmut, ihre Tugend umwehte ein Duft, den er hier zum ersten Mal einsog. Aber es währte nicht lange, so bekam er sie überdrüssig. Er entdeckte allmählich in dem körperlich so zarten Wesen eine solche Willenskraft, einen so erhabenen Seelenadel, dass er sich beinah vor ihr fürchtete. Seine moralische Feigheit fühlte sich gedemütigt durch ihren unbezwinglichen Mut, sodass sich in seinem innersten Herzen ein gewisses Hassgefühl gegen sie regte. Von da an richtete er es, um sich vor Blanca keine Blößen zu geben, allmählich so ein, dass die Begegnungen zwischen ihnen selten wurden. Die unangenehmen Vergleiche, die sich in ihrer Gegenwart seinem schlechten Gewissen aufdrängten, störten doch zu sehr die Lustigkeit des seichten Genussmenschen. Er nahm also seine Junggesellengewohnheiten wieder auf, spielte, hatte Liebschaften, die an sein Herz und Hirn keine großen Zumutungen stellten, und bekümmerte sich so wenig wie möglich um seine Familie.

Blanca hatte diesen Mann wirklich geliebt, wenn auch vielleicht nur während einiger Tage. Dann aber hatte Verachtung die Zuneigung verdrängt und wenn der Riss in ihrem Herzen auch zugeheilt war, so hatte er doch weiter geschmerzt, wie eine mit glühendem Eisen gebrannte Wunde. Denn wenn sie sich auf ihren moralischen Mut verlassen hatte, so tröstete er sie nicht über die Ödigkeit ihres Daseins hinweg. Wohl bewahrte sie sich ihre Selbstachtung und hielt sich fern von dem gemeinen

Getriebe, das sie überall umgab; aber das Sehnen ihres Herzens würde durch ihre majestätische Einsamkeit nicht gestillt. Hätte sie ihr Leben wieder von vorn anfangen können, so wäre sie mit der Selbstachtung allein nicht mehr zufrieden gewesen; sie hätte als zweite Stütze ihres Glückes noch die Liebe hinzugenommen.

Als sie drei Jahre verheiratet war, starben ihre Eltern und nun stand sie, da sie sonst keine Verwandten mehr hatte, so einsam und hilflos wie eine Waise da. Da genoss sie mit herbem Vergnügen ihre Verlassenheit, deren Bitterkeit ihr damals einjähriges Töchterchen in hohem Grade milderte. Dieses Kind brachte ihr unter anderer Gestalt alle zarten Freuden der Liebe. Die Zuneigung zu einem menschlichen Wesen genügt ein Dasein auszufüllen und diese notwendige und tröstliche Zuneigung widmete sie ihrer Kleinen.

Fünf Jahre lang lebte sie sozusagen allein mit ihrer Jeanne. Denn sie duldete Niemand in der Nähe des Kindes, bediente sie sogar wie ein Kindermädchen, und leitete ihre Erziehung ausschließlich. Sie ging mit ihr spazieren, spielte mit ihr, suchte ihren Verstand und ihr Herz zu bilden. Ihr Leben hatte nur noch einen Zweck, sie existierte nur für und durch ihr Kind. Wie viel Träumen hing sie nach in dieser freiwilligen Einsamkeit! Während Jeanne zu ihren Füßen spielte, beobachtete die Mutter sie und studierte ihren Charakter. Sie wollte sie vor allen Dingen zur Rechtschaffenheit erziehen, ihr den Weg zum Glücke bahnen; indem sie sich vornahm, sie stets als Ratgeberin und Vorbild zu begleiten.

Mithilfe ihrer Einbildungskraft versetzte sie sich auch sogar schon oft in jene Zeit, wo Jeanne verheiratet und glücklich sein würde. Denn wenn ihr das Glück in der Ehe versagt geblieben war, so musste sie es doch für ihre Tochter erträumen. Dass der Tod kommen und sie von ihr trennen könnte, nahm sie nie in ihre Rechnung auf.

Um so furchtbarer war ihr daher das Erwachen aus ihren Träumen, als das Unerwartete nun dennoch geschah, und wieder um so willkommener war ihr dann Daniel als Testamentsvollstrecker ihrer mütterlichen Liebe.

Während Frau von Rionne in den letzten Zügen lag, verweilte ihr Gemahl bei Fräulein Julia, einem reizenden Geschöpf, das ihn nicht langweilte, ihn aber verteufelt viel Geld kostete. Er wusste sehr wohl, dass seine Frau krank war; erklärte aber, um nicht allzu betrübt sein zu müssen, es handle sich nur um eine geringfügige Unpässlichkeit und es gelang ihm auch leicht genug, sich einzureden, dass er sein gewöhnliches Leben weiter leben könne und sich keine Sorge zu machen brauche.

Dies war die Art dieses netten Mannes, dessen Börse allen Hilfsbedürftigen offen stand. Er konnte einem Armen hundert Franken auf einmal hinwerfen; aber ein einziges Amüsement zu opfern, vermochte er nicht über sich zu gewinnen. Er mied alle peinlichen Aufregungen; da er aber der Herzensgüte, die er wirklich besaß, nicht zu nahe treten mochte, so suchte und fand er Gründe, um sich zu beweisen, dass Alles in Ordnung sei.

Am Morgen hatte er den Arzt gesprochen und bereute nun, ihn zu genau ausgefragt zu haben. Denn der Doktor hatte ihm nicht verhehlt, dass der Tod jeden Augenblick eintreten könne. Bei dieser schonungslosen Ankündigung war es ihm eisig kalt durch die Adern gelaufen, denn ihm graute vor dem Tode; er konnte das Wort nicht ohne einen Schauder aussprechen hören. Außerdem war ihm sofort eingefallen, dass ein Todesfall immer eine langweilige Geschichte ist. Er erlangte ja wohl seine Freiheit wieder, aber was für Unannehmlichkeiten! Welche unliebsame Störung seiner Gewohnheiten brachte die

Beerdigung und die Notwendigkeit, Anstands halber seinen Vergnügungen zu entsagen, und wer weiß was noch! Kurz, sein Leichtsinn sowohl, wie seine Weichmütigkeit bebten vor der nahen Katastrophe zurück und daher hatte er, statt der schrecklichen Wirklichkeit in die Augen zu sehen, den Arzt ausgelacht. Nicht möglich! Wie könne seine Frau so plötzlich sterben, da Sie vor vierzehn Tagen doch noch gesund und munter gewesen sei! Aber er brachte diese nichtigen Einwände hastig, unsicher, in abgebrochenen Sätzen vor, ein Zeichen, dass er gegen eine innere Unruhe ankämpfen musste, um das seelische Gleichgewicht, aus dem man ihn herausdrängen wollte, wiederzugewinnen.

Gegen Abend endlich flüchtete er sich in aller Eile zu Julia. Aber er war nicht ohne Sorge und wandte sich von Zeit zu Zeit um, als erwarte er jemand, der ihm eine schlechte Nachricht bringen würde. Wenn er mehrere Tage lang sein geliebtes Laster meiden sollte, so dachte er, würde er bei möglichster Eile Zeit genug haben, es noch einmal in seine Arme zu schließen. Es dauerte denn auch kaum eine halbe Stunde, so war sein Seelenfrieden wieder hergestellt. Der blaue Salon seiner Mätresse war für ihn ein traulicher Winkel, wo ihm nach allen Widerwärtigkeiten des Lebens wieder behaglich zumute wurde, wie einem Hund in seiner warmen Hütte.

Allerdings war Julia an jenem Tage nervös, übel gelaunt und hatte ihn sehr schlecht empfangen. Darum machte er sich aber keinen besonderen Kummer, denn was er an ihr liebte, war der Duft ihrer Haut, ihre lose befestigten Kleider, ihre Keckheit der Rede und Haltung, die Unordnung und lauschige Abgeschiedenheit ihrer Wohnung. Er zog sie mit ihrer schlechten Laune auf, machte es sich bequem und vergaß alles Ungemach. Da sie aber weiter schmollte, erbot er sich mit ihr zu einer Premiere ins Theater zu gehen. Mit diesem Vorschlag war er nahe daran über ihre Verstimmtheit den Sieg davonzutragen, als eine Kammerfrau hereintrat und ihm sagte, er werde gebeten schleunigst nach Hause zu kommen.

De Rionne fuhr es eisig durch die Glieder; sein Gewissen regte sich nun doch. Er hatte nicht den Mut seine Geliebte zum Abschied zu küssen, gab ihr nur die Hand und eilte davon. Schon auf der Treppe indes reute ihn der unterlassene Kuss. Fürchtete er doch, er könnte sie beleidigt haben, sodass er nicht mehr wiederkommen dürfe, wenn die unangenehme Geschichte erst vorbei sei.

Unten traf er seinen Kammerdiener Louis, einen bleichgesichtigen und kalten, großen Kerl, der sich von ihm zu Allem gebrauchen ließ. Louis hatte den großen Vorzug, sich nie über irgendetwas zu erregen, nie zu räsonieren, nichts zu sehen und zu hören; kurz, er glich einer guten Maschine, die man bloß in Bewegung zu setzen brauchte, damit sie gut arbeitete. Aber wer ihn aufmerksam beobachtete, sah oft ein Lächeln die Lippen des Menschen umspielen, aus dem man schließen konnte, dass die Maschine noch ein geheimes, für eigne Rechnung arbeitendes Räderwerk enthielt.

Louis teilte seinem Herrn bloß mit, dass er Fräulein Jeanne zu Hause in den Zimmern hatte herumirren sehen und dass sie nach ihrem Papa gerufen hätte. Er habe deshalb geglaubt, die gnädige Frau werde sterben und er müsste sich erlauben, seinen Herrn zu stören.

Diese Nachricht erschütterte de Rionne so heftig, dass ihm die Angst und Benommenheit Tränen abpresste. Natürlich war aber diese qualvolle Gemütsaufregung rein persönlicher, egoistischer Natur. Hätte er sein Innerstes geprüft, so würde er gefunden haben, dass die Sorge um seine Frau mit seiner Verstörtheit nicht das Geringste zu tun hatte. Er belog sich eben selber in aller Aufrichtigkeit und hatte so den tröstlichen Glauben, dass er wirklich Kummer über Blanca's nahen Tod empfinde.

Krank vor Aufregung und verstimmt, langte er in seinem Hause an. Als er das Zimmer der Sterbenden betrat, war er einer Ohnmacht nahe. Seine Gedanken weilten zwar nicht mehr in Julias kleinem, blauen Salon, aber sein körperliches Ich hatte die Erinnerung an den parfümdurchdufteten Alkoven mitgebracht und erschauderte nun angesichts des großen, feierlichen Raumes, in dem der eisige Odem des Todes wehte.

Er trat an das Bett, sah das bleiche Gesicht der Sterbenden und brach in lautes Schluchzen aus. Welch ein Unterschied! Julia, in ihrem breiten Lehnsessel, sah allerliebst aus, mit dem von aschblonden Haaren umrahmten Gesichtchen, das ein Lächeln aufhellte, während sie sich noch zu schmollen bemühte. Blanca hielt die Augen geschlossen und ihre, von der rauen Hand des Todes berührten Züge erschienen länglicher und strenger; sie glich, mit ihrer schon starren Haltung, ihrer vergrößerten Stirn, ihren zusammengepressten Lippen, einer Marmorstatue.

De Rionne blieb eine Weile stumm vor ihrem unbeweglichen Antlitz, das für ihn eine grausige Beredsamkeit hatte.

Hierauf wünschte er, dass sie den Mund auftäte, denn er dachte, dass ein Lebenszeichen von ihr seine Beklommenheit lindern würde. Er neigte sich also zu ihr nieder und fragte sie mit bebender Stimme:

»Blanca, — hörst Du mich? Bitte sprich mit mir!«

Ein leichtes Zittern ging über ihr Gesicht und sie richtete die Wimpern empor, sodass ihre unsicher blickenden, tiefklaren Augen sichtbar wurden. Sie irrten wie geblendet umher, bis sie auf Rionne haften blieben. Dieser hatte noch nie einen Menschen sterben sehen und wurde, da er nicht den ächten Kummer empfand, nicht den Kummer, der mit sehenden Augen nicht sieht, der die kalte Leiche eines geliebten Wesens mit glühender

Leidenschaft umarmt, die Schrecknisse des Todeskampfes inne. Er dachte an sich und stellte sich vor, wie er einst sterben und dass er ebenso aussehen würde.

Blanca sah ihm voll ins Gesicht und erkannte ihn. Ein Seufzer hob ihre Brust, sie versuchte zu lächeln, während ein versöhnlicher Gedanke in ihr aufstieg. Indessen gab sie dieser bessern Regung erst nach einigem Kampfe Raum. Der alte Groll bäumte sich wieder empor; um nachsichtig sein zu können, musste sie sich vorhalten, dass sie ja für diese Welt nicht mehr vorhanden sei, dass die Erbärmlichkeiten des Erdenlebens ja nicht mehr auf ihr lasteten. Übrigens besann sie sich gar nicht mehr, dass sie ihren Mann hatte rufen lassen. Es war ihr nur einen Augenblick, da sie sonst Niemand hatte, dem Sie ihre Tochter anvertrauen konnte, der Gedanke gekommen, sie solle ihm die denkbar feierlichsten Versprechungen abnehme, dass er seinen Pflichten als Vater nachkommen würde. Nun sie sich aber die Sorge vom Herzen abgewälzt und ihrer Tochter einen Hüter beigestellt hatte, dachte sie nicht mehr an ihre Angst und deren Ursache.

Sie wunderte sich also beinahe, als sie ihren Mann vor sich sah, und blickte ihn ohne Groll an, wie einen guten Bekannten, den man freundlich anlächelt, wenn man Abschied von ihm nimmt. Ja, als das Bewusstsein noch voller zurückkehrte, regte sich bei ihr eine Art Mitleid mit diesem Manne, den seine moralische Feigheit zu einem schlechten Menschen machte.

»Lieber Mann«, hauchte sie matt, »es ist hübsch von Dir, dass Du gekommen bist. Nun werde ich ruhiger sterben.«

De Rionne, durch diese sanfte Rede gerührt, schluchzte von Neuem.

Blanca fuhr fort.

»Jammre nicht. Ich habe keine Schmerzen mehr, in meiner Seele herrscht Frieden und stilles Glück, und ich habe nur noch den Wunsch, dass alle Missstimmung, die zwischen uns bestanden hat, beseitigt werde. Es wiederstrebt mir, mit Übelwollen dahinzugehen und zu denken, dass Dein Gewissen Dir in Zukunft auch nur die geringsten Vorwürfe machen könnte. Wenn ich Dich also gekränkt habe, so verzeihe mir, wie ich Dir verzeihe.«

Diese Worte wirkten so stark auf Rionne's Nerven, dass er ganz weichmütig wurde und er sich nicht mehr gegen die unangenehme Aufregung des Weinens sträubte.

»Ich habe Dir nichts zu vergeben«, stammelte er. »Du bist ja immer gut gewesen, und ich bedaure, dass die Verschiedenheit unsrer Charaktere uns voneinander getrennt hat. Du siehst, ich weine, ich bin außer mir vor Schmerz.«

Blanca beobachtete ihn und empfand Mitleid mit ihm. Der Mann ließ es sich ja nicht beikommen zu denken, dass er irgendwelche Schuld tragen konnte, dass er mit gefalteten Händen um Verzeihung bitten müsste! Ihm raubte bloß das Todesgrauen jedwede Besinnung. Sie begriff, dass er, wenn Gott wunderbarer Weise ihr Leben schonte, Tags darauf seinen alten Lebenswandel wieder aufgenommen und Sie wieder allein gelassen hätte. Dass sie starb, war keine Lehre für ihn. Sondern nur ein beklagenswerter Zwischenfall, bei dem er leider zugegen sein musste.

Bei diesem Gedanken lächelte sie wieder und sah ihm mit ruhiger Überlegenheit voll ins Gesicht.

»Sag' mir Lebewohl«, hob sie wieder an. »Ich schwöre Dir, dass ich keinen Groll gegen Dich hege. Vielleicht ist diese meine Versicherung dermaleinst ein Trost für Dich. Ich wünsche es von Herzen.«

Sie schwieg.

»Welches sind Deine letzten Wünsche?« fragte von Rionne.

»Ich habe keinen Wunsch«, lautete ihre Antwort. »Ich verlange nichts von Dir und habe Dir nichts vorzuschreiben. Handle, wie es Dein Herz Dir eingibt.«

Von ihrer Tochter mochte Sie nicht sprechen. Sie hielt es jetzt für verkehrt und sündhaft, ihn ein Versprechen beschwören zu lassen, das er nicht zu halten imstande war.

»Lebe wohl«, fuhr sie in noch milderem Tone fort. »Weine nicht.«

Sie wehrte ihn langsam mit der Hand ab und schloss die Augen, zum Zeichen, dass Sie ihn nicht mehr sehen wollte. Er trat auch bis an das Fußende des Bettes zurück, vermochte aber nicht die Augen von dem schrecklichen Schauspiel abzuwenden.

Mittlerweile war der Arzt gerufen worden. Er kam jetzt, obschon er recht wohl wusste, dass seine Gegenwart überflüssig sein würde. Ein alter Geistlicher, der am Morgen der Sterbenden die letzte Ölung gegeben hatte, war gleichfalls erschienen. Er lag auf den Knien und rezitierte halblaut die Gebete für die Sterbenden.

Blanca's Kräfte nahmen mehr und mehr ab. Das Ende war gekommen. Da richtete sie sich plötzlich auf und verlangte nach ihrer Tochter. Da ihr Mann sich nicht rührte, so ging Daniel, der noch stumm in der Fensternische stand und seine Tränen niederkämpfte, und suchte Jeanne, die er im Nebenzimmer beim Spiel fand. Die arme Mutter betrachtete mit weit aufgerissenen Augen, wie geistesgestört, ihr Kind und wollte die Arme nach ihr ausbreiten. Aber sie konnte sie nicht mehr emporheben und Daniel musste Jeanne, die sich mit den Füßchen gegen das Bettgestell anstemmte, fest halten.

Die Kleine weinte nicht und betrachtete nur mit naivem Erstaunen das verstörte Gesicht der Mutter.

Dann aber, als sich der Friede auf dieses Antlitz senkte, als es sich allmählich mit himmlischer Freude erfüllte und von Milde erstrahlte, erkannte das Kind das gütige Lächeln wieder und lächelte gleichfalls, während sie ihre Händchen nach der Mama ausstreckte. Und so starb Blanca, mit einem Lächeln auf dem Antlitz und mit dem Lächeln ihres Kindes vor Augen.

Ihren letzten Blick richtete sie auf Daniel, flehend und gebieterisch zugleich. Der junge Mann hielt Jeanne aufrecht und machte so den Anfang mit der Erfüllung, seines Versprechens. Als seine Frau verschieden war, fiel von Rionne auf die Knie nieder, denn er erinnerte sich, dass es bei solchen Gelegenheiten die Schicklichkeit vorschreibt, niederzuknien. Der Arzt war eben gegangen und eine der Krankenwärterinnen zündete eilends zwei Kerzen an. Der Geistliche, der aufgestanden war, um Blancas Lippen das Kruzifix darzubieten, nahm seine Gebete wieder auf.

Daniel behielt noch eine Weile Jeanne in seinen Armen; dann ging er, da die Luft in dem Sterbezimmer stickig wurde, in das Gemach nebenan und weinte dort still, während das kleine Mädchen sich damit amüsierte, den Laternen der Droschken und Equipagen nachzublicken. Die Luft war windstill. In der Ferne hörte man die Signalhörner der Militärschule, die den Zapfenstreich bliesen.

III.

Gegen Tagesanbruch begab sich Daniel wieder auf sein Zimmer.

Der große achtzehnjährige Mensch besaß noch das Herz eines Kindes und sein liebevolles Gemüt hatten die eigenartigen Umstände, in denen er sich befand, so exaltiert, dass seine Opferfreudigkeit einen lächerlichen Anstrich annahm.

Er war, wie man gemerkt haben wird, das Waisenkind, über dessen Rettung der »Semaphore« seiner Zeit berichtet hatte. Blanca von Rionne, seine unbekannte junge Gönnerin, ließ ihn erziehen und schickte ihn, als er so weit herangewachsen war, auf das Gymnasium zu Marseille. Sie zeigte sich ihm während der ganzen Zeit nur selten, denn sie wollte, dass er sie möglichst wenig kennen und sozusagen nur der Vorsehung dankbar sein sollte. Demgemäß erwähnte sie auch nicht, als sie heiratete, ihren Adoptivsohn von Rionne gegenüber. Was sie für ihn tat, war ja nur eins der vielen christlichen Liebeswerke, die sie geheim zu halten gewohnt war.

Auf dem Gymnasium forderte Daniels linkisches Wesen und seine bei Waisenkindern gewöhnliche Blödigkeit den Spott seiner Kameraden heraus. Natürlich ging es ihm tief zu Herzen, dass er eine Pariarolle spielen musste, aber seine Unbeholfenheit nahm dabei noch zu. Er schloss sich auch noch mehr von den Andern ab und bewahrte sich so eine seltne Unschuld der Seele. Auf diese Weise entging er der Verderbnis, in der sich die reiferen Knaben gegenseitig zu unterweisen pflegen; aber dafür blieb er auch unerfahren und lernte das Leben nicht kennen.

In der Vereinsamung, die er seiner Blödigkeit verdankte, fasste er eine glühende Liebe zur Arbeit und zwar trieb ihn seine lebhafte, leidenschaftliche Einbildungskraft, die ihn für die Poesie hätte begeistern sollen, zum Studium der Mathematik und Naturwissenschaften, die seine heiße Sehnsucht nach Wahrheit besser befriedigten.

Es machte ihm ein inniges Vergnügen sich in der scharf umgrenzten Welt der Zahlen zu bewegen, die

Wahrheit Schritt für Schritt zu erforschen, sich nur mit endgültig und vollständig gelösten Aufgaben zu begnügen. Er dichtete so auf seine Weise.

Sein Charakter und die Umstände wiesen ihn also immer mehr auf sich selbst an und lehrten ihn nur an einem beschaulichen Leben Gefallen finden. In der Wissenschaft war ihm wohl zumute, weil sie ihn nicht mit den Menschen in Berührung brachte, weil sie ihn die Kameraden vergessen ließ, die ihn wegen seiner gelben Haare hänselten. Jeder Umgang mit Menschen flößte ihm Furcht ein; er zog ein höheres Leben vor, wollte sich nur in der reinen Spekulation, in der absoluten Wahrheit bewegen. In diesen Regionen ließ er seiner poetischen Fantasie freien Lauf und machte sich seine Sorgen um seine linkische Haltung. Wie oft begegnet man großen Dichtern unter den schüchternen Gelehrten, die sich noch im Alter einen kindlichen Sinn bewahrt haben!

Von seinen Schulkameraden verhöhnt, unausgesetzt geistig angespannt, verbarg Daniel seine ganze Liebesfähigkeit in den geheimsten Falten seines Herzens. Er hatte auf dem weiten Erdenrund nur ein Wesen, das er lieben konnte, die unbekannte Mutter, unter deren Obhut er stand, und diese liebte er mit der ganzen Gefühlsinnigkeit, die jeder ausschließlichen Liebe eigen ist. Der dichtende Mathematiker war bei ihm mit einem leidenschaftlichen Liebhaber gepaart, dessen Herz dem Gegenstand seiner Wahl um so stärker entgegenschlägt, je weniger man es sonst überall zu würdigen weiß.

Daniel war also in der Anbetung der guten Fee aufgewachsen, die ihm die Sorge um das materielle Dasein abgenommen hatte. Das Dunkel, in das sie sich vor ihm hüllte, erhöhte nur in seinen Augen ihre Heiligkeit. Er hatte sie zwei oder drei Mal von Angesicht zu Angesicht gesehen und betrachtete sie als ein wunderbares Wesen, das mit der übrigen Menschheit nicht verglichen werden durfte. Eines Tages, als er schon von dem Gymnasium abgegangen war, sagte man ihm, Frau von Rionne wünsche ihn zu sprechen, und ersuche ihn, sich zu ihr nach Paris zu begeben. Diese Nachricht machte ihn so glücklich, dass er beinah den Verstand verloren hätte. War es ihm doch nun verstattet, sich an ihrem Anblick zu weiden, ihr zu danken, ihr seine Liebe zu bezeigen! Wurde doch der schönste Traum seines Lebens zur Wirklichkeit: Die gute Fee, die Heilige, seine Vorsehung nahm ihn in den Himmel auf, in dem sie wohnte. Er reiste also in höchster Eile ab.

Aber ach, in Paris angekommen, fand er Frau von Rionne auf ihrem Sterbebette. Acht Tage lang kam er jeden Abend aus seinem Zimmer herunter, betrachtete sie von ferne und weinte. So wartete er den schrecklichen Ausgang ab, sinnlos vor Herzeleid und unfähig zu begreifen, dass Heilige sterblich sein können.

Dann ward es ihm endlich vergönnt, seine Dankbarkeit zu beweisen, hinzuknien und der Sterbenden feierlich zu versprechen, dass ihr letzter Wunsch erfüllt werden sollte.

Die folgende Nacht brachte er in Gesellschaft des Geistlichen und einer Krankenwärterin bei der Leiche zu. Von Rionne hatte sich, nachdem er eine Stunde lang auf den Knien geblieben war, diskret entfernt.

Während der Geistliche betete und die Wärterin in einem Lehnstuhl schlummerte, überließ sich Daniel trocknen Auges, denn weinen konnte er nicht mehr, seinen trüben Gedanken. Ihm war zumute, als trüge er ein Gewicht im Kopfe, doch war das Gefühl ein sanftes, nicht unangenehmes, dem Übergang zum Schlafe vergleichbares. Er sah die Gegenstände nicht deutlich und bisweilen hörte das Denken bei ihm ganz auf. Beinah zehn Stunden lang beschäftigte so ein und derselbe Gedanke sein müdes Hirn, — dass Blanca gestorben sei und die kleine

Jeanne jetzt die Heilige wäre, die er lieben, für die er sich aufopfern müsste. Aber ohne dass er sich dessen klar wurde, nahm er in dieser langen Nacht an Mut zu und erstarkte zum Manne. Der schreckliche Vorgang, dem er beigewohnt, der Kummer, der ihn aufgerüttelt hatte, machten kraft der Erziehung, die das Leid dem Menschen gibt, seinem furchtsamen Kindersinn ein Ende. Diese Wirkung des Kummers fühlte er auch bei all seiner Mattigkeit und überließ sich willig der Kraft, die innerhalb weniger Stunden sein Herz und seinen Verstand reifte.

Am Morgen, als er wieder sein Zimmer betrat, war ihm zumute wie einem Betrunkenen, der seine Wohnung nicht wieder erkennt.

Dieses schmale und lange Zimmer lag im Dachgeschoss und gewährte eine Aussicht auf die Baumwipfel der Esplanade, die wie ein grünes Meer im Winde wogten; weiter nach links zu sah man die Höhen von Passy. Das Fenster war offen geblieben und helles Licht strömte in das Zimmer herein. Es herrschte eine gewisse Kühle darin.

Daniel setzte sich auf sein Bett. Er war müde zum Umfallen und doch fiel es ihm nicht ein, zu Bett zu gehen. So blieb er lange sitzen, starrte die Möbel an, fragte sich hin und wieder, was er hier mache, und besann sich dann auf das Geschehene. Ab und zu horchte er auf und wunderte sich, dass er nicht weinte.

Endlich erhob er sich und trat ans Fenster. Die Luft tat ihm gut. Kein Geräusch aus dem Hause drang zu ihm empor. Unten in dem Gärtchen gingen schweigend Leute hin und her. Auf dem Boulevard rumpelten die Wagen, als hätte die Nacht nichts Trauriges gebracht. Paris erwachte langsam, während die matte Sonne die Spitzen der Bäume hell färbte.

Diese Heiterkeit der Natur, diese Gleichgültigkeit der Stadt stimmten Daniel tief traurig. Die Tränen stellten sich wieder ein und diese heilsame Krisis machte ihm den Kopf leichter. Er blieb am Fenster, in der kühlen Luft, stehen und überlegte, was er nun zu tun habe.

Allmählich sah er ein, dass er nichts Gescheites ausdenken würde und hielt es für geraten, seine Hände zu beschäftigen. Er stellte oder legte diesen und jenen Gegenstand an einen andern Ort, kramte in seinem Koffer, nahm Sachen heraus, die er dann wieder hineinwarf. Der Kopf schmerzte ihm jetzt weniger.

Als die Nacht hereinbrach, war er sehr erstaunt. Er hätte darauf schwören können, dass es eben erst Tag geworden wäre. Der eine Gedanke, der seinen Geist unausgesetzt beschäftigte, hatte ihm so wenig Besinnung übrig gelassen, dass ihm der lange Leidenstag sehr kurz vorgekommen war.

Er ging aus, versuchte Speise und Trank zu sich zu nehmen, und wollte sich dann Frau von Rionne's Leiche noch einmal ansehen. Er konnte aber nicht in das Totenzimmer hinein. Da begab er sich in sein Stübchen hinauf, legte sich zu Bett und verfiel in einen schweren Schlummer, der ihn bis in den hellen Tag hinein gefangen hielt.

Als er erwachte, hörte er ein gedämpftes Stimmengewirr. Es kam von den Leidtragenden, die sich zur Beerdigung eingefunden hatten. Er kleidete sich in aller Eile an und ging hinunter. Auf der Treppe begegnete er schon dem Sarg, den vier Mann mit Mühe davontrugen und der bei jedem Stoße, den er empfing, dumpf stöhnte. Vor dem Ausgange trat auf dem Boulevard eine Störung ein. Das Leichengefolge war zahlreich und der Zug brauchte viel Zeit, um sich zu ordnen.

Von Rionne stellte sich in Begleitung seines Schwagers an die Spitze. Seine Schwester, eine junge Frau, die klaren Auges in die Menge hineinschaute, stieg in eine

Equipage. Unmittelbar hinter von Rionne kamen die Freunde der Familie und die Dienstboten. Daniel schloss sich diesen an.

Dann kam das übrige Trauergefolge in unregelmäßig verteilten, ungleichen Gruppen. So gelangte der Zug nach der mit Blumen und grünem Laub geschmückten Lieblingskirche der vornehmen Welt, der Sainte-Clotilde. Das Schiff füllte sich mit Menschen, der Gesang begann.

David kniete in einer Ecke, in der Nähe einer Kapelle, nieder. Es herrschte jetzt Frieden in seiner Seele, sodass er beten konnte. Aber den Worten der Priester vermochte er nicht zu folgen; seine Lippen blieben stumm und sein Gebet bestand nur in einem ununterbrochnen, andachtsvollen Aufschwung seiner Seele zu Gott.

Nach einiger Zeit wurde ihm der Kopf schwindlig, sodass er ins Freie gehen musste. Der Geruch der Wachskerzen, die langen, schwarzen Behänge mit ihren weißen Kreuzen, die Klagelieder der Sänger machten ihn beklommen. Draußen ging er langsam in den Gartenanlagen, die sich um die Kirche herumziehen, spazieren. Ab und zu blieb er stehen und betrachtete die Gebüsche, während sein Herz inbrünstig weiter betete.

Als der Zug seinen Weg fortsetzte, mischte er sich wieder unter die Dienerschaft. Das Trauergefolge zog die Boulevards entlang nach dem Kirchhof des Mont Parnasse. Das Wetter war milde, die junge Sonne lockte die ersten, grünen Blätter aus den Knospen der Ulmenäste hervor. Die Klarheit der Luft ließ die Umrisse der Gegenstände am Horizont merkwürdig scharf erscheinen. Es war, als hätten die Regengüsse des Winters die Erde sorgfältig gewaschen; so strahlte sie jetzt vor Frische und Sauberkeit.

Die Leute, die hinter Frau von Rionne's Leichenwagen an jenem heiteren Morgen einhergingen, hatten zum größten Teil vergessen, dass sie einer Beerdigung beiwohnten. Man sah sehr vergnügte Gesichter unter ihnen, und die Vorübergehenden hätten auf den Gedanken kommen können, sie sähen Spaziergänger vor sich, die das schöne Frühlingswetter genießen wollten.

Der Zug rückte langsam vor, während die Marschordnung sich immer mehr auflöste und das Geplauder immer lauter wurde. Jeder unterhielt sich mit seinem Nachbarn über seine persönlichen Angelegenheiten, jeder wurde allmählich lebhafter und atmete freier. Daniel allein bewahrte dieselbe würdige Haltung. Den Blick zu Boden gesenkt, mit entblößtem Haupte, in tiefen Schmerz versunken, dachte er an die Mutter, die er so eben verloren hatte, rief sich die Erinnerungen seiner Jugend in die Seele zurück, ließ die geringsten Vorfälle der schrecklichen Todesnacht an seinem innern Auge vorüberziehen und gab sich ganz den traurigen Gedanken hin, die sein Herz in den tiefsten Kummer versetzten. Trotzdem hörten gleichzeitig seine Ohren, was die Dienstboten miteinander redeten, und drangen die Worte in all ihrer Rohheit und mit voller Klarheit bis zu seinem Verstande vor. Ob er gleich nichts hören wollte, so entging ihm doch nichts. Während sein innres Ich blutete, während er sich ganz der Verzweiflung überließ, nahm er gewissermaßen Teil an den gemeinen Reden der Kammerdiener und Kutscher.

Hinter ihm gingen zwei Bediente, die sich sehr lebhaft unterhielten. Der Eine hielt es mit dem Herrn, der Andre nahm die Partei der verstorbenen gnädigen Frau. Dieser sagte:

»Sehr vernünftig von der armen Frau, dass sie der Welt Lebewohl gesagt hat. Da unten in der Erde ist sie besser dran, als hier oben. Denn das Leben, das sie mit ihrem Mann führte, war schon nicht mehr schön.«

»Was weißt Du denn, ob sie sich glücklich fühlte oder nicht?« entgegnete der Andere. »Sie sah doch immer ganz zufrieden aus und sie kriegte doch auch keine Prügel von ihrem Mann. Sie war bloß stolz und spielte sich als Opferlamm auf, weil sie Andre triezen wollte.«

»Ich weiß aber, was ich weiß. Ich habe sie weinen sehen und ich kann Dir sagen, es schnitt mir ins Herz. Gekeilt hat ihr Mann sie freilich nicht, aber er hielt Frauenzimmer aus, und ich denke mir, sie hat sich darüber zu Tode gegrämt, dass er sie nicht mehr lieb hatte.«

»Er hat sie bloß deshalb links liegen lassen, weil sie ihm langweilig geworden war. Sie hatte doch gar keine Lustigkeit. Ich weiß wohl, ich möchte so'ne Frau nicht haben, wie die war, so klein von Gestalt und doch grauelte man sich vor ihr, so ernst gebärdete sie sich immer. Sie hat auch bloß das Gerücht ausgesprengt, ihr Mann hielte sich Frauenzimmer. Denn hast Du etwa eine Liebste von ihm gesehen?«

»Doch! Eine, die ich selbst einen Brief von ihm gebracht habe. Eine Blondine mit 'ne kecke Fratze, die ich nicht gemocht hätte; so mager war sie. Sie lachte mich ins Gesicht, gab mich ein paar Klapse auf den Rücken und sagte Du zu mir; da konnte ich gleich sehen, was sie wert war. Als Antwort sagte sie bloß zu mir: Vergiss nicht und sage Deinem Herrn, er soll mir nicht wieder Dein dummes Gesicht schicken.«

Der andere Bediente fand die Erzählung seines Kameraden sehr ulkig. Offenbar war die Blondine nach seinem Geschmack.

»Na meinetwegen. Was is denn aber dabei, wenn ein reicher Kerl sich ein Möbel hält? Was die Vornehmen sind, die machen's Alle so. Bei meine letzte Herrschaft ging der Mann auch des Nachts oft durch. Da schaffte sich aber die Frau einen Liebsten an und auf die Weise war alle Welt zufrieden. Konnte unsre Gnädige es nicht ebenso machen, statt sich zu Tode zu grämen?«

»Das ist nicht jeden sein Fall.«

»Ich glaube, unsere Gnädige wäre nichts für mich gewesen.«

»Ich hätte sie schon leiden können. So sanft, so gut und das Gesicht gefiel mir auch. Hübscher als den Herrn seine Blondine war sie zehnmal!«

Daniel konnte ihnen nicht länger zuhören. Er wendete sich plötzlich um, und der Ärger, der sich in seinen Mienen aussprach, schüchterte die beiden Schwätzer ein, sodass sie es für geraten hielten, sich von etwas Andrem zu unterhalten.

Bei dieser Angelegenheit hatte Daniel bemerkt, dass der Kammerdiener Louis, der neben ihm ging, der Einzige unter der Dienerschaft war, der sich anständig benahm. Der kalte, gemessene Mann hatte gewiss auch die Unterhaltung der Andern mit angehört, aber seine Würde war dieselbe geblieben, seine Lippen fältelte dasselbe geheimnisvolle Lächeln wie immer.

Daniel spann sich wieder in seine trüben Gedanken ein. Er sann jetzt nach über das geheime Herzeleid auf das Frau von Rionne angespielt hatte, und begann zu begreifen, welcher Natur ihre Leiden gewesen waren. Erklärten ihm doch die Reden, die er gehört hatte, was er in seiner kindlichen Unschuld nicht hatte erraten können. Er errötete über diese Gemeinheiten und schlug die Augen nieder, als hätte er selber all die Schlechtigkeiten begangen. Die Tote musste ja noch in ihrem Sarge zürnen!

Ganz besonders verletzte seinen Zartsinn die freche Ungeniertheit der Schwätzer. Kaum dass die Leiche erkaltet war und während sie zu Grabe getragen wurde, fanden sich schon Leute, denen es sozusagen Spaß machte, die Tote mit Kot zu bewerfen. Nichts war so schmerzlich für ihn, als dieser erste Einblick in die Welt des Lasters bei dem Leichenbegängnis seiner guten Heiligen.

Während er noch hierüber schwermütig sinnierte, betrat der Trauerzug den Kirchhof. Die Familie von Rionne besaß hier ein Erbbegräbnis in Gestalt einer gotischen Kapelle. Es lag an einer Stelle, wo die Grabdenkmäler dicht beieinander standen und nur schmale Gänge frei ließen.

Das Leichengefolge war hier nicht mehr so zahlreich wie in der Kirche. Die den Mut gehabt hatten, so weit mitzukommen, stellten sich zwischen den Grabsteinen im Kreise auf. Von Rionne trat vor, und die Geistlichen rezitierten die letzten Gebete. Dann wurde der Sarg in die Gruft hinabgelassen. Der Witwer gab hier wieder einen Beweis seiner moralischen Erbärmlichkeit, indem er beim Anblick der gotischen Kapelle in Schluchzen ausbrach. Seitdem er nämlich als Kind Vater und Mutter dorthin zu ihrer letzten Ruhe geleitet hatte, war sie für ihn ein Gegenstand des Grauens geworben, an den er in trüben Stunden zu denken pflegte. Er wusste, dass dort auch sein Leib einst modern würde, und deshalb erfüllte ihn der Anblick der Kapelle mit Entsetzen.

Er seufzte erleichtert auf, als er endlich wieder in seine Equipage steigen konnte. Gott sei Dank, dass die Trauerfeierlichkeit vorüber war; nun konnte er das alles vergessen. Allerdings gestand er sich seine wahren Gefühle nicht offen ein, aber sein feiges Herz war keinen andern zugänglich.

Als alle Andern sich entfernt hatten, stand Daniel noch an dem Grabe. Er wollte der Letzte sein, um mit der teuren Verblichenen allein zu bleiben und ihr Lebewohl zu sagen, ohne dass die Menge der Gleichgültigen störend zwischen sie und ihn treten könnte. So verweilte er noch lange auf dem Kirchhof und unterhielt sich innerlich mit der Seele des entflogenen Engels.

Endlich verließ er den Friedhof und ging nach Hause.

Hier glaubte er zu bemerken, dass der Pförtner ihn mit einem eisigen Blick ansah. Es hatte den Anschein, als zögere der Mann ihn einzulassen, als hätte er Lust, ihn nach seinem Namen zu fragen, wie wenn es sich um einen Unbekannten gehandelt hätte.

In dem kleinen, zwischen der Einfriedigung und dem Hause gelegnen Garten, standen die Bedienten, noch in Trauerkleidern, vor dem Pferdestall und plauderten.

Ein Pferdeknecht, der bei der Beerdigung nicht zugegen gewesen war, wusch einen Wagen mit einem großen Schwamm ab.

An dieser Gruppe nun kam Daniel vorüber, da er in seiner schüchternen Bescheidenheit sich nicht durch die Hauptallee getraute und deshalb einen Umweg machen musste. Bei seinem Anblick verstummte plötzlich die Unterhaltung und Aller Augen richteten sich auf ihn, während ein boshaftes Grinsen die plumpen Gesichter in die Breite zog.

Als Daniel näher herankam, merkte er, dass eine feindselige Stimmung gegen ihn unter dem Gesinde Platz griff. Die Beiden, die er mit seinem erzürnten Blick zum Schweigen gebracht hatte, waren da und hetzten die Andern gegen ihn, sodass auf das plötzliche Stillschweigen bald laute Hohnworte fielen.

Daniel blieb vor Scham errötend stehen und fragte sich, ob er nicht umkehren sollte. Aber der Gedanke an Frau von Rionne flößte ihm Mut ein, er schritt tapfer vorwärts.

Während er vorbeiging, hörte er ironisches Lachen und grausame Spottreden, in denen einer immer den Andern zu überbieten suchte.

»Seht doch mal, was die gnädige Frau für einen hübschen Pagen da hatte!«

»Und das hat guten Schulunterricht genossen! Während unsereins sich wie ein Neger abschinden muss, führt der Habenichts da ein bequemes Leben.«

»Ja wohl, und wir haben den Herrn bedienen müssen. Ein Segen, dass es jetzt anders werden wird.«

»Raus mit dem Bettler!«

Und in diesem Augenblick, wo Daniel an dem Pferdeknecht vorüberkam, rief dieser:

»Heda, guter Freund, hilf mir doch die Eklipage rein klauen!«

Das ganze Gesindel lachte laut auf.

Daniel zitterte, während er dies Alles anhören musste. Die Leute erinnerten ihn an seine ehemaligen Schulkameraden und er wollte, wie er es früher so oft getan, sich eiligst in seine Klause flüchten. Seine zarte Empfindsamkeit fühlte sich tief verletzt durch die rohen Schimpfreden des Bedientenpacks, das seinem Groll Luft machte, nun es Daniels Gönnerin nicht mehr zu fürchten hatte.

Indessen besann er sich, von Unwillen gepackt, sofort eines anderen, wandte sich um und sah die Unverschämten scharf an. Diese bekamen Angst, dass sie zu weit gegangen sein möchten, und schwiegen in sichtlicher Verlegenheit. Wäre er noch schroffer gegen sie vorgegangen, so hätten sie gekatzbuckelt.

Nachdem Daniel ihnen so mit seinem klaren, geraden Blick den Mund geschlossen hatte, setzte er seinen Weg fort. Aber infolge der moralischen Energie, die er hatte aufbieten müssen, fühlte er sich auch körperlich so schwach, dass er nur langsam die Treppe emporsteigen konnte.

Im zweiten Stockwerk begegnete er Herrn von Rionne, der die Treppe herunterkam, und trat, um ihm aus dem Wege zu gehen, an die Wand. Der Hausherr, der ihn so gut wie gar nicht kannte, sah ihn an, als wundre er sich, was der eigentümliche Mensch wohl in seinem Hause zu suchen haben könnte.

Daniel täuschte sich nicht über die Bedeutung dieses Blicks, konnte aber auf die stumme Frage keine Antwort geben, da ihm die Zunge sozusagen am Gaumen festgeklebt war und er auch nicht wusste, was er sagen sollte.

Von Rionne, der selber erregt zu sein schien, blieb auch nicht stehen, und so eilte Daniel, dass er nach seinem Zimmer hinaufkam.

Hier sagte er sich eine traurige Wahrheit: Er konnte in dem Hause nicht länger weilen. Bisher hatte er diesen Gedanken nicht gehabt, sodass die plötzliche Einsicht ihn jetzt mit desto herberem Schmerz erfüllte. Er lächelte bitter über seine Naivität. Nun seine teure Beschützerin nicht mehr da war, verstand es sich doch von selber, dass er an die Luft gesetzt wurde, wenn er nicht freiwillig ging! Gleichzeitig hörte er auch noch die Dienstboten unten im Garten lachen, und kalter Schweiß feuchtete seine Schläfen. Er beschloss, sofort davonzugehen.

Was aus ihm werden sollte, wo er für die Nacht einen Unterschlupf finden würde, fragte er sich nicht. Das war alles Nebensache. Er besaß ja noch die mutige Sorglosigkeit der Jugend, die das Leben nicht kennt. Vorwärts zu gehen, immer auf dem geraden Wege vorwärts, war der einzige Gedanke, den er hatte.

Aber wie konnte er der kleinen Jeanne nützlich sein, wenn er das Haus verließ? Trieb ihn die Notwendigkeit hinaus, so hielt ihn andrerseits der letzte Wunsch seiner verstorbenen Wohltäterin zurück, so musste er doch wohl allerlei Schmach und Demütigung ihretwillen über sich ergehen lassen? Aber nein, das durfte er nicht! Frau von Rionne hatte ihm befohlen, immer erhobenen Hauptes und geradeaus seinen Weg zu wandeln. Er handelte in ihrem Sinne, wenn er ging.

Zunächst musste er fort; wie er dann seiner Aufgabe gerecht werden könnte, das musste er sich später überlegen.

Er erhob sich also von seinem Sitze. Sein Koffer stand offen da und zeigte die Kleidungsstücke, die auszupacken und in den Schränken unterzubringen er noch nicht die Zeit gefunden hatte. Der Tisch lag voller Bücher und Papiere und auf dem Kaminsims befand sich eine Börse mit etwas Geld.

Er rührte von alledem nichts an, nahm nichts mit. Die Hohnreden der Dienstboten klangen ihm noch in den Ohren; es war ihm, als gehöre ihm das alles nicht. Er hätte sich eines Diebstahls schuldig zu machen geglaubt, wenn er die geringste Kleinigkeit mitgenommen hätte.

Er verließ also das Haus, wie er ging und stand, mit nichts als den Kleidern, die er anhatte, und indem er den Schlüssel in der Tür stecken ließ.

Als er den Garten durchquerte, bemerkte er die kleine Jeanne, die im Sande spielte, und konnte dem Verlangen sie zum Abschied zu umarmen nicht widerstehen.

Aber das Kind fürchtete sich vor ihm und wich zurück.

Da fragte er sie, ob sie ihn denn nicht kenne. Sie sah ihn aufmerksam an, antwortete aber nicht. Das sonderbare Gesicht, das sie da anlächelte, kam ihr recht merkwürdig vor und sie sann nach, wer das eigentlich sei. Darüber fing sie aber an ängstlich zu werden und sie machte Anstalten, von der Erde aufzustehen und davonzulaufen.

Daniel hielt sie mit sanfter Gewalt zurück.

»Wenn Du mich nicht erkennst«, sagte er, »so sieh mich doch recht genau an. Siehst Du, ich habe dich sehr lieb, und Du wirst mich sehr glücklich machen, wenn Du mich auch recht lieb hast. Ich will dein Freund sein.«

Jeanne verstand nur unvollkommen diese inhaltsschweren Worte, aber der liebreiche Klang der Stimme beruhigte sie. Sie lachte.

»Von nun an musst Du mich immer wiedererkennen« sagte Daniel, gleichfalls lachend. »Ich gehe jetzt fort, aber ich komme wieder und dann erzähle ich Dir viele schöne Geschichten, wenn Du artig gewesen bist. Gibst Du mir noch einen Kuss, wie Du's mit Deiner Mama gemacht hast?«

Er neigte sich nieder. Aber als die Kleine von ihrer Mutter sprechen hörte, begann sie zu weinen, stieß Daniel heftig zurück und rief: »Mama! Mama!«

Der arme Mensch wusste nicht, was er sagen und tun sollte. Da kam ein Dienstmädchen aus dem Hause, und so ging er davon, tief betrübt, dass er so von dem Kinde scheiden musste, dessen Wohlergehen er sein ganzes Leben widmen wollte.

Und nun stand er auf der Straße, von Allem entblößt und vor sich eine schwere Aufgabe. Nur seine Dankbarkeit und Treue hielt ihn aufrecht.

Es war vier Uhr Nachmittags.

IV.

Die Gittertür knarrte dumpf, als Daniel sie hinter sich zumachte. Er ließ seine Blicke um sich schweifen, ohne etwas zu sehen, und ging dann ganz von seinen Gedanken in Anspruch genommen, mit gesenktem Haupte, vor sich hin, ohne zu wissen, wohin seine Schritte ihn führten.

Noch klang ihm Jeanne's Geschrei und das Geknarr der Tür in den Ohren. Er dachte, das Kind kenne ihn nicht, liebe ihn nicht und die Tür hätte recht unheimlich geknarrt. Bis dahin hatte der Kummer sein ganzes Sein beherrscht und die Vernunft ferngehalten. Jetzt aber stellte sie sich wieder ein, sprach auf ihn ein und nun erschien ihm endlich seine Lage so, wie sie war.

Ein schmerzliches Erstaunen überwältigte ihn angesichts der Wirklichkeit. Er verglich seine physische Schwäche, sein Elend mit der Schwierigkeit der Aufgabe, die er lösen sollte, und zitterte.

Seine Aufgabe war folgender Art: Er hatte eine Seelsorge übernommen; er musste gegen die Welt ankämpfen und siegen; er sollte über ein Frauenherz wachen und ihm zum Glück verhelfen. Um diesen Zweck zu erreichen, wollte er immer dort hingehen, wo sein Schützling weilen würde; immer ihr zur Seite stehen, um sie gegen Andre und gegen sich selbst zu verteidigen.

Er musste folglich bis zu ihr empor und sogar noch höher steigen, in ihrem Hause wohnen oder wenigstens sich Zutritt zu den Familien verschaffen, mit denen sie verkehrte. Es war also seine Pflicht, sich zum Weltmann auszubilden, denn nur so konnte er den Kampf mit Aussicht auf Erfolg aufnehmen.

Nun wandte er den Blick auf sich und saß über sich zu Gericht. Er war hässlich, blöde, linkisch, arm. Er hatte kein Obdach, keine Verwandte und Freude; er wusste nicht einmal, wo er zu Abend essen, wo er schlafen sollte. Die Bedienten hatten ihn mit Recht einen Bettler geschmäht, denn der Hunger konnte ihn vielleicht so weit bringen, dass er die Vorübergehenden um ein Almosen anflehte. Er lachte laut auf, so leid tat er sich selber. Also er, der Habenichts, das Kind des Elends und des Leidens, sollte dem kleinen Mädchen, das in Samt und Seide ging, das vom elegantesten Luxus umgeben war, seinen Schutz angedeihen lassen! Träumte er denn oder hatte er den Verstand verloren? Keine Möglichkeit, dass Frau von Rionne einem armen Teufel wie ihm das Schicksal ihres Kindes anvertraut hatte! Jedenfalls wollte er es bleiben lassen, einen so abgeschmackten Versuch zu wagen. Während ihm aber derartige Gedanken durch den Kopf gingen, überlegte er eifrig, wie er wohl den Wunsch seiner Wohltäterin in Erfüllung bringen könnte. Diese Gedanken lenkten schließlich seinen Geist in eine neue Bahn. Seine Liebesfähigkeit, sein Selbstverleugnungstrieb regten sich wieder und sprachen lauter als seine Vernunft; er vergaß sich und seine Ohnmacht, die alte Begeisterung erwachte wieder.

Nun reute es ihn, dass er aus dem Hause fortgegangen war. Aber wie sollte er wieder hineinkommen? Das Geknarr der Tür, das ihm bis ins Innerste gedrungen war, bezeichnete einen Abschnitt seines Lebens, der sich nicht mehr rückgängig machen ließ. Er schmiedete vielerlei unsinnige Pläne, wie sie im Hirn der Kinder und der Verliebten herumschwirren, und erfand auch die Mittel dazu, die eine sichere Ausführung seiner Gedanken ermöglichen sollten, die er aber immer wieder als chimärisch verwarf. Der Gedanke aber, der am häufigsten in seinem Geist auftauchte, war Verdruss darüber, dass er Jeanne nicht ganz ruhig auf den Arm genommen und mit ihr abgezogen war. Wie er sie in seiner Fantasie so im Sande spielen sah, redete er sich ein, er hätte sie sehr leicht rauben können, und daraufhin baute er auch gleich einen ganzen Roman. Er sah sich, wie er mit dem Kinde davon eilte, es innig an seine Brust gedrückt hielt, und erst Atem schöpfte, als das Unglückshaus, aus dem er sie gerettet hatte, schon weit hinter ihm lag.

Bei der Ausmalung dieses lieblichen Bildes strahlte sein Gesicht. Wie angenehm und leicht würde ihm dann die Erfüllung seiner Pflicht! Er wohnte dann mit Jeanne zusammen, arbeitete, und sie verdankte ihm alles. Er nannte sie Tochter, sie ihn Vater. In dieser Armut und Einsamkeit erzog er ihr leicht alle möglichen Tugenden an, machte er sie stolz und stark im Guten. Schon hörte er in Gedanken die glühenden Danksagungen seiner guten

Heiligen. Plötzlich blieb er stehen. Ein schrecklicher Gedanke war ihm in die Quer gekommen, nämlich, dass seine Mission eine lächerliche sei. War es eine Aufgabe für einen so jungen Menschen über ein kleines Mädchen zu wachen?

Ganz gewiss wäre den Vorübergehenden seine edle Naivität recht komisch vorgekommen, wenn sie seine Gedanken hätten lesen können. Es trat jetzt wieder die alte Ängstlichkeit seiner Schuljahre hervor. Wie, er sollte ewig ein Paria bleiben? Denn wenn er schon von Natur so unbeholfen war, wie sollte er je im Leben weiter kommen, nun ihm eine so absonderliche Pflicht aufgebürdet war?

Aber diese schlechte Regung, diese Rücksicht auf die praktische Wirklichkeit konnte nicht lange die Oberhand über seinen Geist behalten. Allmählich kehrten seine Gedanken zu der gewohnten Ruhe zurück; er wurde wieder der unwissende Knabe, der er immer gewesen war. Er sah nur noch Frau von Rionne ihm zulächeln und hörte sie liebevoll reden. Da war es vorbei mit der egoistischen Angst, mit der Rücksicht auf die Meinung der Welt. Er hegte nur noch den Wunsch gut zu sein.

Dieser Kampf zwischen den verschiedenen Gedanken und Empfindungen machten schließlich seinen Kopf so matt und müde, dass sein Geist die Dinge nicht mehr scharf ins Auge zu fassen vermochte. Er stand von weiteren Grübeleien ab und nahm sich nur fest vor, dass er der Eingebung seines Herzens folgen wolle; dann könne sein Werk nur gut ausfallen. Alles Andere überließ er dem Willen des Schicksals.

Nun ging er aus sich heraus, bekümmerte sich um die Außenwelt, sah sich die Vorübergehenden an, freute sich der linden Abendluft. Und damit trat auch das materielle Leben bei ihm wieder in seine Rechte; er fing an sich zu fragen, wo er hingehen, was er tun solle.

Der Zufall hatte ihn vor eins der Tore des Luxembourg gebracht, dasjenige, das der Rue Bonaparte so ziemlich gegenüber liegt. Er trat in den Garten und sah sich nach einer Bank um, denn er war wie gerädert vor Müdigkeit.

Unter den Kastanienbäumen spielten, liefen und jauchzten die Knaben und Mädchen. Die Kindermädchen in ihren hellen Frühlingskleidern standen dabei und hörten vergnügt auf die Schmeichelreden, die ihnen die Männer zuflüsterten.

In der hereinbrechenden Abenddämmerung gingen und kamen eine Menge kleiner Leute, wie sie das gewöhnliche Publikum der öffentlichen Gärten und Parke bilden. Von den Bäumen senkte sich ein grüner, durchsichtiger Schimmer herab; die Decke, die das Laub über den Köpfen ausbreitete, war niedrig und wehrte den Durchblick nach dem Himmel; am Horizonte blieben Lücken, durch die man die weißen Marmorstatuen und Geländer sah.

Daniel hatte Mühe eine unbesetzte Bank zu finden. Er fand endlich eine abseits gelegene und setzte sich mit einem Seufzer des Behagens. An dem andern Ende der Bank saß ein junger Mann und las. Er richtete den Kopf empor, sah den Ankömmling an und tauschte mit ihm ein Lächeln aus.

Da das Tageslicht abnahm, klappte der junge Mann bald sein Buch zu und ließ seine Blicke über die Umgebung hinschweifen. Daniel, dem der Andre sympathisch war, vergaß seine Sorgen und folgte mit den Augen jeder Bewegung seines Nachbars.

Dieser war von hohem Wuchse und hübschem, etwas strengem Gesicht. Seine weit aufgeschlagenen Augen hatten einen geraden Blick; seine prallen, starken Lippen zeugten von Energie und Rechtschaffenheit und auf der hohen Stirn spiegelte sich ein großherziger Charakter ab. Er schien etwa zwanzig Jahre alt zu sein. Seine weißen Hände, seine einfache Kleidung, die ruhige Haltung verrieten einen fleißigen Studenten.

Nach Verlauf einiger Minuten wandte er den Kopf und heftete auf Daniel einen geraden, durchdringenden Blick. Dieser neigte die Stirn, um nicht das spöttische Lächeln zu sehen, mit dem man ihn sonst überall empfing. Aber als er dreister wurde und die Augen wieder aufschlug, las er in den Zügen des Andern nur freundschaftliches Entgegenkommen. Dankbar gestimmt, wagte er an den unbekannten Freund näher heranzurücken, mit der Bemerkung, es wäre schönes Wetter, und der Luxemburger Garten sei doch ein wahres Paradies für müde Spaziergänger.

O, wie wohltuend sind doch manche gemütlichen Plaudereien, die aus einer zufälligen Begegnung entstehen und bisweilen eine Freundschaft für das ganze Leben einleiten! Man sieht sich zum ersten Mal, und siehe da! man schüttet sein Herz aus, man lässt den Andern mit gänzlich unvermittelter, unüberlegter Vertrauensseligkeit in die tiefsten Falten seines Innern blicken. Man findet eine wahre Wonne darin, so aufs Geratewohl zu beichten und sich vollständig gehen zu lassen.

Nach einigen Minuten kannten sich die beiden jungen Leute, als wenn sie seit ihrer Kindheit beständig zusammen gelebt hätten. Sie waren auf der Bank dicht aneinander gerückt und scherzten wie Brüder miteinander.

Zuneigung entsteht sowohl aus der Ähnlichkeit wie aus der Unähnlichkeit der Charaktere. Daniels neuer Freund hatte sich offenbar zu ihm hingezogen gefühlt durch seine Ängstlichkeit, sein linkisches Wesen, seinen sanften Gesichtsausdruck, seine ganze absonderliche Erscheinung. Stark und wohlgestaltet, wie er war, gefiel er sich darin, den Schwachen Güte zu bezeigen.

Als sie eine Weile geplaudert hatten, fühlten sie, dass ihre Herzen ein Bund auf Lebenszeit vereinte. Beide waren elternlos, beide hatten sich die Erforschung der Wahrheit als Lebensziel gesteckt, beide waren auf sich selbst angewiesen. Sie waren Geistesverwandte und die Gedanken, die der Eine äußerte, weckten ähnliche in dem Geiste des Andern. Daniel erzählte im Laufe des Gesprächs seine Lebensgeschichte, ohne jedoch der Aufgabe Erwähnung zu tun, der er sein Leben geweiht hatte. Dazu brauchte er sich auch keine Gewalt anzutun, denn diesem Geheimnis hatte er ein für alle Mal einen besonderen so tief verborgenen Platz in seinem Innern angewiesen, dass es für immer allen Blicken unzugänglich war.

Er erfuhr, dass sein Freund mutvoll gegen die Armut ankämpfte. Ohne einen Heller in Paris angekommen, hatte der mannhafte, geistig hoch veranlagte junge Mensch sich vorgenommen ein hervorragender Gelehrter seines Jahrhunderts zu werden. Einstweilen aber fiel es ihm schwer, sein Leben zu fristen; er musste sich zu harter, schlecht bezahlter Arbeit hergeben und konnte nur des Abends und des Nachts studieren.

Während sich die Beiden so mit all der Vertraulichkeit der Jugend unterhielten, war die Dunkelheit unter den Kastanienbäumen dichter geworden. Man sah nur noch die weißen Schürzen und Hauben der Kindermädchen. Aus den abgelegensten Winkeln des Gartens ließ sich leises Gemurmel und Lachen vernehmen.

Da erschallten die Trommeln, die dem Publikum das Zeichen gaben, den Garten zu räumen. Auch Daniel und sein Kamerad erhoben sich jetzt und lenkten gemeinsam ihre Schritte auf die kleine Gittertür zu, die damals nach der Rue Royer Collard hinausführte.

Auf dem Bürgersteig der Rue de l'Enfer blieben sie einen Augenblick stehen und plauschten weiter. Da unterbrach plötzlich der Andere seinen Gedankengang und fragte Daniel:

»Wo gehen Sie hin?«

»Ich weiß nicht«, antwortete Daniel ruhig.

»Was? Haben Sie denn keine Wohnung, kein Obdach für die Nacht?«

»Nein.«

»Aber zu Abend gegessen haben Sie doch wenigstens?«

»Auch nicht.«

Beide lachten. Daniel sah ganz so aus wie einer, der sich in einer spaßhaften Lage befindet. »Kommen Sie mit mir«, sagte der Andre, als handelte es sich um etwas Selbstverständliches. Er ging mit ihm zunächst zu einer Obst- und Gemüsehändlerin, die eine Speisewirtschaft hatte und bei der er seine frugalen Abendmahlzeiten einzunehmen pflegte. Sie wärmte ein Ragout für Daniel, das dieser gierig verschlang; er hatte seit dem Abend des vergangenen Tages nichts genossen.

Nachher nahm er ihn mit nach dem Zimmer, das er in der Impasse Saint Dominique d'Enfer Nr. 7 bewohnte. Das Haus ist jetzt niedergerissen. Es war ein mächtiges Gebäude, einst ein Kloster, mit breiten Treppen und hohen Fenstern. Die nach hinten hinaus gelegenen Dachstuben überragten große, mit schönen Bäumen bepflanzte Gärten.

Die beiden jungen Leute setzten sich an das offne Fenster und enthüllten einander, die Augen auf die dunklen Kronen der Ulmen gerichtet, mehr und mehr ihr Innerstes. Um Mitternacht saßen sie noch so, Hand in Hand und plauderten eifrig.

Daniel legte sich auf ein Sofa zur Ruhe nieder, dessen roter Bezug schon arg zerfetzt war. Als die Lampe ausgelöscht war, fragte sein Freund noch:

»Beiläufig gesagt, ich heiße Georg Raymond. Und Sie?«

»Daniel Raimbault.«

V.

Am folgenden Tage stellte Georg seinen Freund Daniel einem Verleger vor, für den er arbeitete, und verschaffte ihm so eine Stelle als Mitarbeiter an einem enzyklopädischen Wörterbuch, das circa dreißig junge Leute beschäftigte. Diese Gehilfen kompilierten und kollationierten zehn Stunden lang pro Tag und bekamen dafür achtzig bis hundert Franken monatlich, je nach ihren Leistungen. Der Chef ging in dem Arbeitssaal auf und ab und passte auf wie ein Schulmeister, ob jeder seine Schuldigkeit täte. Die Manuskripte zu lesen fiel ihm nicht ein, aber er setzte seinen Namen unter das Ganze. Diese Sklavenaufseherarbeit brachte ihm zwanzigtausend Franken jährlich ein.

Daniel nahm gern und mit Dank die vertierende Beschäftigung an, die man ihm anbot. Georg lieh ihm sein ganzes Geld, verschaffte ihm Kredit bei der Gemüsehändlerin und mietete ihm ein Zimmer in seiner nächsten Nachbarschaft.

Während der ersten vierzehn Tage kam Daniel nicht zur Besinnung, so vollständig nahm ihn das Leben, das er jetzt führte, in Anspruch. Er war nicht an eine solche übermäßige Arbeit gewöhnt; des Abends tanzte ihm alles, was er gelesen und geschrieben hatte, im Kopf herum. Für seine eigne Rechnung zu denken blieb ihm fast gar keine Zeit übrig.

Eines Sonntags früh indessen, als er einen ganzen freien Tag vor sich hatte, ergriff ihn eine unwiderstehliche Sehnsucht, die kleine Jeanne wiederzusehen. Hatte er doch in der Nacht von seiner armen Wohltäterin geträumt, und dies hatte seine ganze Begeisterung wieder entfacht. Er ging verstohlen aus, ohne Georg zu benachrichtigen, und schlug den Weg nach dem Boulevard des Invalides ein.

Er war gut aufgeräumt. Die Glieder waren ihm ganz steif geworden während der vierzehn Tage, die er auf einem Stuhl sitzend zugebracht hatte, und nun war ihm zumute wie einem Schuljungen, der freibekommen hat und bummeln darf.

Er grübelte nicht viel, sondern freute sich nur auf das Wiedersehn mit Jeanne und genoss, vergnügt wie ein Kind, die Bewegung in der freien Luft. Den ganzen Weg über sah er alles von der lichten Seite an und gab nicht der geringsten Sorge Raum.

Als er aber vor der wohlbekannten Gittertür stand, packte ihn eine plötzliche Angst. Was sollte er da drinnen tun, was sagen und was würde man ihm antworten?

Bei diesem Gedanken wurde ihm geradezu schwach zumute. Vor allen Dingen quälte ihn die Sorge, was für einen Grund er für seinen Besuch angeben sollte.

Aber er wollte nicht nachdenken, denn sonst hätte er den Mut ganz verloren und so klingelte er schließlich ganz tapfer, während er innerlich zitterte.

Die Tür tat sich auf, er durchschritt den Garten, blieb aber dann, im Bewusstsein seiner Unbeholfenheit, auf der ersten Stufe der Freitreppe stehen. Als er seine Beklommenheit los geworden war, wagte er es, die Augen aufzuheben und sich umzusehen.

Aus dem Hause drang zu ihm der Schall von Hammerschlägen; er sah Tischler, die an den Türen des Hausflurs arbeiteten und an der Fassade kratzten Anstreicher den Putz ab. Verwundert und vielleicht auch erfreut, erkundigte sich Daniel bei einem Arbeiter nach Herrn von Rionne. Der Mann wies ihn an den Pförtner, und dieser teilte ihm mit, der Herr habe das Haus verkauft und wohne jetzt in der Rue de Provence.

Der Witwer hatte gleich nach dem Tode seiner Frau einen Hass auf das Haus geworfen, in dem er vor Angst so sehr geweint hatte. Es roch darin noch nach dem Leichenbegängnis und er erbebte jedes Mal, wenn er die Treppe hinunterging, weil er den Sarg knacken zu hören glaubte, wie ihn die Leichenträger gegen die Wand anstießen. Er beschloss also, schleunigst auszuziehen.

Außerdem überlegte er sich, dass der Verkauf des Hauses ihn in den Besitz einer hübschen Summe Geld setzen würde, und endlich wandte er recht gern dem Boulevard des Invalides den Rücken, um in das feinste Stadtviertel überzusiedeln. Da hatte er doch, sobald er sein Junggesellenleben wieder aufnehmen konnte, die Gelegenheit dem Laster zu frönen, bei der Hand. Er mietete also eine ganze erste Etage und zog aus.

Daniel schrieb sich die neue Adresse auf und brach, getrieben von dem Wunsche Jeanne um jeden Preis wiederzusehen, nach der Rue de Provence auf. Aber während dieses weiten Ganges sang es nicht mehr so fröhlich in seinem Herzen, denn jetzt traten ihm die Schwierigkeiten seiner Aufgabe und die Ungewissheiten des Lebens drohender denn je vor Augen. Hierzu kam noch eine an sich unbedeutende Widerwärtigkeit, die ihn aber noch mehr verstimmte. Ein Regenschauer nötigte ihn unterzutreten; nachher musste er seinen Weg durch schmutzige Straßen fortsetzen und als er dann die luxuriöse Treppe des Hauses, in dem Herr von Rionne wohnte, emporstieg, bemerkte er zu seinem Schrecken, dass er grässlich mit Kot bespritzt war.

Die Tür wurde von Louis aufgemacht. Dieser bezeigte nicht das geringste Erstaunen und benahm sich vollständig, als ob er den jungen Mann nicht wieder erkenne.

Aber um die Mundwinkel spielte wieder das gewöhnliche, kaum bemerkbare Lächeln.

Er erteilte Daniel in höflicher Weise den Bescheid, der Herr sei nicht da, werde aber bald nach Hause kommen, und führte ihn dann in einen prachtvollen Salon, in dem er ihn allein ließ.

Daniel wagte nicht, sich zu setzen. Seine Stiefel machten auf dem Teppich große Schmutzflecke und so blieb er unbeweglich auf derselben Stelle stehen, da er nicht noch mehr Spuren seiner Anwesenheit in dem Prunkgemach hinterlassen mochte. Bei der Gelegenheit sah er auch, als er aufblickte, seine ganze Figur in einem großen Spiegel und musste beinah laut auflachen, so sonderbar kam er sich vor.

Im Grunde genommen war er hoch erfreut, dass die Dinge eine solche Wendung nahmen. Es lag ihm ja gar nichts daran, von Rionne zu sprechen, er hoffte Jeanne einen Augenblick herzen zu können und wollte dann schleunigst verschwinden, ehe der Vater nach Hause kam. Er neigte also den Kopf und horchte mit gespannter Aufmerksamkeit. Hätte er das Kind lachen hören, so wäre er in aller Ruhe und Dreistigkeit bis zu ihr vorgedrungen. Während er noch so lauschte, ertönte die Türklingel und gleich darauf ließ sich vom Entree her das Rauschen eines seidnen Kleides und helles, weibliches Lachen vernehmen. Die neu Angekommene unterhielt sich mit Louis, aber so leise, dass die Worte nicht an Daniels Ohr gelangten.

Nach wenigen Augenblicken rauschte es wieder, dann tat sich die Salontür auf und auf die Schwelle trat eine Dame jugendlichen Alters.

Es war Julia.

Sie trug ein allerliebstes hellgraues, mit weißen Spitzen und mattblauen Bändern garniertes Kleid. Das feine, von blonden Haaren umrahmte Gesichtchen strahlte von

Heiterkeit und Keckheit; die rote und weiße Schminke, mit der sie sich die Wangen belegt hatte, verlieh ihr einen untugendhaften Reiz. Ihren Kopf krönte, statt des Hutes ein Diadem aus geflochtenem Stroh und Kornblumen.

Julia stak in einer argen Geldklemme. Die Möbel sollten ihr versteigert werden und da hatte sie sich an Herrn von Rionne erinnert, mit dem sie seit vierzehn Tagen nicht mehr verkehrte. Von der Not getrieben musste sie ihm nachlaufen, worüber sie sich wütend ärgerte.

Sie trat näher auf Daniel zu, bis in die Mitte des Salons. Da aber musste sie sich die äußerste Gewalt antun, um nicht laut aufzulachen.

Der lange Laban mit den gelben Haren, der mit verblüfftem Gesicht breitbeinig auf dem kotigen Teppich stand, war für sie eine gar zu schnurrige Figur. Die Lachlust drohte sie zu ersticken.

Sie beeilte sich deshalb in das Nebenzimmer zu gelangen; da aber genierte sie sich nicht mehr und platzte los.

Indessen wurde Daniels Aufmerksamkeit alsbald von ihr abgelenkt. Der Hausherr kehrte zurück, wechselte einige Worte mit Louis und erhob dann die Stimme, als hätte er etwas Ärgerliches vernommen. Im nächsten Augenblick riss er in der Tat die Salontür heftig auf. Daniel flüchtete in seiner Angst in eine Ecke, wo er sich sehr klein machte. Was sollte er bloß sagen, was antworten?

Aber von Rionne sah ihn nicht einmal, während er durch den Salon stürmte, in das nächste Zimmer hinein, wo Julia ihn erwartete. Er empfand wirkliche sittliche Entrüstung über die Frechheit der Dirne. Denn noch wirkte das Todesgrauen bei ihm so stark nach, dass er sich zu keiner Leichtfertigkeit aufgelegt fühlte und Tugend üben konnte.

Daniel lauschte nicht gerade, hörte aber das laute Gespräch, das nun folgte:

»Was willst Du hier?« fragte von Rionne in zornigem Tone.

»Dich besuchen«, antwortete Julia mit großer Seelenruhe.

»Ich habe Dir verboten, meine Wohnung zu betreten. Vergisst Du denn, dass ich Trauer habe?«

»Willst Du, dass ich gehe?«

Von Rionne schien die Frage überhört zu haben. Er fuhr in noch lauterem Tone fort:

»Dein Besuch verstößt gegen alle Schicklichkeit. Ich hätte Dir mehr Gemüt und Verstand zugetraut.«

»Nun, dann gehe ich.«

Sie lachte und strich ihr Kleid zurück, als wollte sie aufbrechen.

Von Rionne wurde noch heftiger. Er wiederholte beständig und in immer neuen Redewendungen, dass sie ihm hätte fern bleiben sollen, während sie sich fortwährend erbot zu gehen. Aber sie ging nicht und er machte dem Gespräch auch kein Ende.

Nach einer Weile senkten sich die Stimmen, während sie in längeren Sätzen und in milderem Tone sprachen. Zuletzt flüsterten sie nur noch, und nun glaubte Daniel einen Kuss zu hören. Da hielt er es für geraten, nicht länger zu bleiben. Er kehrte nach dem Entree zurück, wo er Louis antraf.

»Ich glaube, der Herr wird sich heute nicht sprechen lassen«, meinte der Kammerdiener mit seiner gewohnten Würde, ohne seine Miene zum geringsten Lächeln zu verziehen.

Daniel hatte währenddem schon die Tür geöffnet.

»Ist denn Fräulein Jeanne nicht zu Hause?« fragte er.

Louis war so erstaunt über diese Frage, dass er beinah aus seiner stolzen Ruhe gekommen wäre.

»Bewahre! Sie ist bei ihrer Tante, Frau Tellier.«

Auf Daniels Verlangen sagte er ihm auch, wo die Dame wohnte, Rue d'Amsterdam.

Von Rionne hatte eingesehen, dass er seine Tochter nicht bei sich im Hause behalten konnte. Das war ihm weiter nicht unlieb, denn er hätte sich vor der Kleinen genieren müssen, sobald er sein fideles Junggesellenleben von Neuem wieder aufnahm. Er hatte sie also ohne viel Umstände und ohne sich um die Zukunft den Kopf zu zerbrechen, der Obhut seiner Schwester anvertraut. »Bei Dir ist sie besser aufgehoben«, hatte er gesagt, »denn ohne die Mitwirkung einer Frau kann man kein Mädchen erziehen. Wäre es ein Junge, so hätte ich ihn bei mir behalten.« Das log er natürlich, denn er sehnte sich nach vollständiger Ungebundenheit. Daniel ging also, indem er sorgfältig die angegebene Wohnungsadresse seinem Gedächtnis einprägte. Er verging fast vor Müdigkeit und Hunger, dachte aber keinen Augenblick daran, sich zu erholen, sondern marschierte eiligen Schrittes nach der Rue d'Amsterdam zu.

Der Regen hatte den Himmel entwölkt, die Sonne schien hell und das Straßenpflaster war schon wieder trocken geworden. Der junge Mann rieb die Kotspritzer von seinen Beinkleidern ab und glättete mit seinem Ärmel seinen Zylinderhut, der einige Regentropfen abbekommen hatte.

Frau Telliers Wohnung befand sich in einem großen Hause mit breiter, flacher Fassade und dürftigen Skulpturen, wie sie in letzter Zeit allgemein aufgekommen sind. Der hohe und schmale Thorweg mündete hinten in einen Hof, wo ein Korbbeet gerade Platz fand.

In diesen Thorweg marschierte Daniel kühnlich hinein. Als er mitten drin war, wurde er beinahe von einer

Kalesche übergefahren, die in raschem Trabe und mit gewaltigem Lärm hindurchrasselte. Er hatte knapp so viel Zeit, um sich auf eins der beiden seitlichen Trottoirs zu retten.

In der Kalesche saß eine fünfundzwanzig bis dreißig jährige Dame, die ihn mit hochmütiger Gleichgültigkeit anblickte. Sie trug eine sehr komplizierte, üppige Toilette und ähnelte nicht bloß in Bezug auf die Kleidertracht, sondern auch in ihrem ganzen Wesen der Julia, oder bestrebte sich wenigstens, ihr zu ähneln.

Daniel wandte sich an eine Kammerfrau, die noch auf der Freitreppe stand und der Equipage nachschaute, mit der Frage, ob Frau Tellier in dem Hause wohne.

»Sie ist eben ausgefahren«, lautete der Bescheid. »Es war die Dame, die Sie da in dem Wagen gesehen haben.«

Diese Mitteilung berührte den jungen Mann sehr peinlich. Also die so sonderbar gekleidete Dame war Julia's jetzige Mutter! Der Gedanke erfüllte ihn mit einer unbestimmten Bangigkeit.

Von Rionne's Schwester, eine nüchtern verständige Natur, hatte sich schon in ihrem siebzehnten Jahr ein Programm aufgestellt, in dem Reichtum und Lebensgenuss die Hauptrolle spielten. Die Ehe betrachtete sie schon damals als eine Art Rechenaufgabe, die sie denn auch mit der kühlen Präzision eines Mathematikers gelöst hatte.

So gut sie sich bei ihrer praktischen Sinnesrichtung auf ihren Vorteil verstand, so beschränkt war ihr Gesichtskreis, wenn es sich um Gemüts- und Herzenssachen handelte. Sie bewies nur Klugheit, insofern sie ihren Körper und ihr Vermögen sehr vorteilhaft zu verwerten verstand. Aus dieser praktischen Lebensanschauung entstand bei ihr schon früh eine entschiedene Abneigung gegen den Adel, den Stand, dem sie doch selber angehörte. Sie pflegte zu sagen, bei den Leuten brächten die

Männer gewöhnlich das ganze Vermögen durch, sodass ihre Frauen keine zwanzig Roben übrig behielten. Demgemäß flößte ihr auch Blanca nur ein geringschätziges Mitleid ein. Wie dumm von der, dass sie einen Mann geheiratet hatte, der nur an sein Vergnügen dachte.

Sie war gescheiter; sie nahm einen Großindustriellen, denn solch ein Mann arbeitet für seine Frau und füllte beständig die gemeinschaftliche Kasse, aus der sie nach Belieben schöpfen konnte. Frau Tellier verrechnete sich auch nicht; ihr Mann ließ sie gewähren, und das Geld zum Fenster hinauswerfen, während er als strebsamer Emporkömmling den gemeinschaftlichen Reichtum stetig vermehrte und für sich nichts ausgab. Frau Tellier dachte, wenn sie gut aufgeräumt war, in ihrem Innersten, dass sie es ebenso schlau gemacht habe, wie ihr Bruder: sie fuhr in ihrer Ehe besser, als ihr Mann.

Freilich, ganz ohne Sorge ging es auch bei ihr nicht ab. Ihr Mann legte sich allmählich auf die Politik, wollte sich um einen Sitz im Abgeordnetenhause bewerben. Ihr wäre es lieber gewesen, wenn er ausschließlich ans Geschäft und ans Geldverdienen gedacht hätte. Was sie betraf, so schwang sie sich zur Modekönigin empor und dieser Titel kostete ihr ein schweres Geld. Sie war berühmt wegen ihrer Extravaganz, denn die lächerlichsten Ausgeburten der Modefantasie fanden an ihr eine mächtige Gönnerin, und sie verstand es auch, sie bei den Lebedamen der feinsten Kreise in Aufnahme zu bringen.

Bezeichnend für ihren Geschmack war der grimmige Hass, den sie gegen Julia und die Halbwelt überhaupt hegte; denn diese musste sie sich oft notgedrungen zum Vorbild nehmen. Sie half sich aber, indem sie ihre Originale überbot, sodass sie ihnen zuvorkam und ihnen den Ton anzugeben schien. So erklomm sie den Gipfel der Modetorheit und machte alle Pariser Frauen so verdreht, wie sie selber war.

Eines Tages wurde sie bei einem Wettrennen insultiert, weil man sie für eine öffentliche Dirne hielt. Sie weinte, stellte ihre Beleidiger zur Rede, nannte ihren Namen, verlangte, dass sie Abbitte leisteten; war aber innerlich hoch entzückt über den Irrtum.

Daniel also hatte erraten, wes Geistes Kind die Dame war und stand nun vor der Kammerfrau, die er nicht die Courage hatte, anzureden. Diese aber war ein gutmütiges Frauenzimmer und als er sie lächeln sah, fasste er sich ein Herz und fragte:

»Verzeihung, ist Fräulein Jeanne von Rionne zu Hause?«

»Bewahre!« antwortete sie. »Die Kleine hing der gnädigen Frau immer an der Schürze und dazu sind gnädige Frau viel zu nervös, als dass sie immer ein Kind um sich haben könnten.«

»Wo ist sie denn jetzt?«

»Im Kloster. Seit vierzehn Tagen.«

Daniel war eine Weile sprachlos vor Schreck. Dann fuhr er fort:

»Wird sie lange im Kloster bleiben? Wann kommt sie zurück?«

»Das weiß ich ja nicht«, antwortete die Kammerfrau, der die Geduld auszugehen begann. »Ich denke mir, die gnädige Frau werden sie eine gute zehn Jahre da lassen.«

VI.

Zwölf Jahre vergingen.

Während dieses langen Zeitraums floss Daniel das Leben ereignislos dahin. Die Tage folgten einander, ruhig und gleichförmig, und gedachte er der Vergangenheit, so kamen ihm die Jahre wie Monate vor. Er vertiefte sich in sich selbst, ließ niemand in sein Innerstes blicken und gefiel sich einzig und allein in dem Gedanken, der sein ganzes Leben bestimmte. In allen seinen Handlungen und womit sein Geist sich auch beschäftigte, immer bezog er alles auf Jeanne. Die Hochherzigkeit dieser fixen Idee erhob ihn in eine höhere Sphäre, über die Gemeinheit und Erbärmlichkeit des Erdendaseins hinaus. Zu jeder Stunde fand er eine moralische Stütze an dem blonden, kleinen Mädchen, das in seiner Vorstellung ein engelhaft lächelndes Kind geblieben war.

Dieser Ernst der Gesinnung prägte sich auch in den Gesichtszügen, in dem ganzen Wesen des jungen Mannes aus. Er glich einem Priester, der überall Gott mit sich trägt. Redete ihn jemand unvermutet an, so schien er gleichsam mit seinen Gedanken aus einer höheren Region herunterzusteigen; er musste sich Gewalt antun, um sein Denken der irdischen Wirklichkeit anzupassen.

Seine Ungelenkigkeit, seine Ängstlichkeit hatte er abgelegt; er war jetzt ein Mann von sanftem Gebaren und etwas geneigter Haltung, dessen Hässlichkeit die Anmut seines Lächelns vergessen ließ. Die Frauen indes waren ihm nicht hold, weil er sie nicht zu unterhalten verstand; in ihrer Gesellschaft kam seine alte Blödigkeit wieder zum Vorschein. Er arbeitete acht Jahre lang an dem enzyklopädischen Wörterbuch. Die Beschäftigung, die seiner Kraft und Ausdauer viel zumutete, ohne ihm den verdienten Ruhm einzubringen, war ganz nach seinem Sinne. Es machte ihm Freude, dass er so still und unbekannt dahinleben konnte, bis er den Kampf mit der Welt würde aufnehmen müssen.

So fleißig er war, blickte er doch bisweilen von seinem Buch auf, baute Luftschlösser und versetzte sich in die Zeit, wo Jeanne das Kloster verlassen und er sie wiedersehen würde. Diese Träumereien waren für ihn eine köstliche Erholung, die ihm Trost für die Ödigkeit seines

Daseins gewährte. Die übrige Zeit funktionierte er nur wie eine Maschine. Damit sein Geist sich frei in seinen Lieblingsgedanken ergehen könnte, hatte er den Körper an die pünktliche Erledigung seiner Handlangerarbeit gewöhnt.

Der Verfasser des Wörterbuchs hatte bald begriffen, was für einen wichtigen Dienst ihm der junge Mann leisten könnte, der wie ein Neger arbeitete und dabei nie klagte und selig vor sich hinlächelte. Schon längst sann er nämlich auf ein Mittel, wie er seine zwanzigtausend Franken verdienen könnte, ohne sich täglich nach seinem Kontor zu bemühen. Er hatte es überdrüssig auf seine Sklaven aufzupassen. Unter diesen Umständen machte er also an Daniel einen kostbaren Fund. Er übertrug ihm allmählich die Leitung des ganzen Werks, die Verteilung der Arbeit, die Durchsicht der Manuskripte, die Aussuchung der besonderen Notizen. So löste er mittelst eines Honorars von zweihundert Franken monatlich das schwierige Problem, nie eine Feder anzurühren und ein großartiges Buch zu schreiben.

Daniel ließ sich mit Freuden eine Arbeit aufbürden, die jeden Andern erdrückt hätte. Seine Leidensgenossen kompilierten, seitdem ihnen ihr Peiniger nicht mehr auf die Finger sah, so wenig wie möglich, sodass Daniel häufig einen Teil ihrer Arbeit machen musste. Auf diese Weise erwarb er sich bedeutende Kenntnisse, denn seine großartige Veranlagung gestattete ihm alles so weit zu behalten, dass er die verschiedenen Wissenschaften, die er studieren musste, beherrschen lernte und sich gewissermaßen die Enzyklopädie, die er meistenteils selber aufbaute, seinem Gehirn einprägte. Dieses unausgesetzte achtjährige Studium machte ihn aus einem bescheidenen Kompilator zu einem Gelehrten ersten Ranges, so vollständig ging er in seinen mathematischen und naturwissenschaftlichen Studien auf, dass er des Abends, nach vollbrachtem Tagewerk, noch weiter arbeitete und sich in naturphilosophische Spekulationen vertiefte. Einsam wie er lebte und da seine Fantasie sich nur mit einem sechsjährigen Mädchen beschäftigte, behielt er für die Analyse eine Glut der Empfindung übrig, die Andre nur der Geliebten widmen.

Georg Raymond drang wiederholentlich in ihn er solle der undankbaren Beschäftigung, in der er den besten Teil seiner Kraft aufrieb, entsagen und mit ihm gemeinschaftlich ein größeres Werk verfassen. Aber Daniel hatte seine Sehnsucht nach Freiheit; ihm war wohl in seiner Sklaverei, die ihm das gab, worauf sein Sinn stand, hartnäckige, unausgesetzte Arbeit. Georg war nicht mehr der arme Schlucker, als welchen ihn Daniel im Luxemburger Garten kennengelernt hatte. Er war dank seiner Energie und seinem Fleiße auf einen grünen Zweig gekommen und fing an durch einige vorzügliche Abhandlungen über naturhistorische Themata die Aufmerksamkeit der gelehrten Welt auf sich zu ziehen.

Endlich entschloss sich Daniel doch, sein Bureau im Stich zu lassen und Georgs Vorschlag anzunehmen. Das enzyklopädische Wörterbuch war so ziemlich zu seinem Abschluss gediehen; es fehlten nur noch einige Lieferungen, zu denen das Material übrigens auch schon herbeigeschafft war.

Die beiden Männer schienen jetzt unzertrennlich zu sein, nachdem sie freilich seit ihrer ersten Begegnung nie ihren vertraulichen Verkehr längere Zeit ausgesetzt hatten. Von nun an arbeiteten sie gemeinschaftlich und veröffentlichten mehrere von ihren Forschungen, die großes Aufsehen erregten. Daniel ließ sich dazu bewegen, den Gewinn mit seinem Freunde zu teilen, aber seine Arbeiten mit seinem Namen zu unterzeichnen, weigerte er sich hartnäckig. Betrachtete er doch diesen ganzen Abschnitt seines Lebens als verlorne Zeit, und wenn er an Wissen und Tüchtigkeit zunahm, so geschah dies, so zusagen, ohne seinen Willen, — bloß weil er nicht müßig gehen wollte.

Georg hatte, seitdem er ein bekannter, ja beinah ein berühmter Mann geworden war, eine große Wohnung in der Rue Soufflot bezogen. Daniel dagegen mochte das alte Haus in der Impasse Saint Dominique d'Enfer nicht verlassen. Es gefiel ihm in dem abgelegenen Winkel, wo der Lärm der Großstadt nicht zu ihm drang. Ihm wurde jedes Mal leichter und wohler zu Mut, wenn er die wackligen Stufen der breiten Treppe emporstieg. Und erinnerte sein schmales und hohes Zimmer an ein Grabgewölbe, so sagte ihm auch dies vollkommen zu; denn er war ja doch an einem Ort, wo er in stiller Verborgenheit die Welt vergessen konnte und dem er erst dann den Rücken zu wenden gedachte, wenn es Jeanne's Interesse erheischen würde. Einstweilen liebte er aber den Himmel und die Bäume, die man von seinem Fenster aus erblickte, weil seine Augen während seiner Zukunftsträume so oft auf ihnen geweilt hatten.

Zwölf Jahre lang wohnte er so in diesem stillen Zimmerchen. Es war für ihn ganz erfüllt von seinen Lieblingsideen, dass der bloße Gedanke an einen etwaigen Umzug ihn traurig stimmte. Er hatte die Empfindung, als würde er anderswo Jeanne nicht mehr immer vor sich sehen. Bisweilen geschah es, dass Georg am Abend Daniel nach Hause begleitete, und dann plauderten sie mit herzlichster Vertraulichkeit über die ersten Jahre ihrer Freundschaft, die sie in dem alten Hause zusammen verbracht hatten.

Sie lebten hier sehr zurückgezogen und bekamen selten Besuch. Aber infolge dieser Vereinsamung, hatte sich auch die instinktive Anziehung, die sie ursprünglich aufeinander ausübten, in eine auf Vernunft und Überlegung begründete Achtung und Zuneigung verwandelt. Jetzt billigte bei ihnen der Verstand, was einst nur Herzenssache gewesen war. Daniel hegte für Georg vollständig brüderliche Gefühle. Er verließ sich in allem auf die Rechtschaffenheit seines Freundes, dessen eben so festen, wie milden Sinn er so oft erprobt hatte. Georg war das dritte menschliche Wesen, dem seine Liebe gehörte, und er fragte sich hin und wieder, was wohl aus ihm geworden wäre, wenn er ihn nicht kennengelernt hätte. Bei dieser Frage dachte er aber keineswegs an die materielle Hülfe, die sein Freund ihm gewährt hatte. Für ihn war nur das freie Bedürfnis zu lieben und geliebt zu werden bestimmend, und wenn er auch dem Schicksal dankte, dass es ihm den Freund gesandt hatte, der ihm durchs Leben half, so dankte er ihm doch nur nebenbei dafür.

Georg, dessen Natur eine kältere war, hatte nicht Daniels Gefühlsüberschwänglichkeit. Er sah in ihm ein großes Kind und liebte ihn wie ein älterer Bruder den jüngeren. Es war ihm schon zu Anfang ihrer Bekanntschaft nicht entgangen, welche Schätze von Liebe das Herz des Freundes barg, welch eine treue Seele in dem unscheinbaren Körper wohnte, und er hatte sich gewöhnt, nicht mehr auf das hässliche Äußere zu achten.

Spottete man über seinen Freund, so wunderte er sich; er konnte nicht begreifen, dass nicht jedermann einen Mann von solchem Zartsinn und Seelenadel liebte.

Er war auch dahinter gekommen, dass Daniel ein Geheimnis in den tiefsten Falten seines Herzens verborgen hielt, ließ es sich aber nicht beifallen, ihn auszuforschen, ihm moralischen Zwang anzutun, um ihn mitteilsamer zu machen. Er wusste, dass Daniel eine Waise war, dass eine edle Dame sich seiner angenommen hatte und dass diese Dame gestorben war. Das genügte ihm. Wenn sein Freund ihm etwas verheimlichte, so konnte es nur etwas Gutes sein. Die zwölf Jahre über ging Daniel jeden Monat einmal nach der Rue d'Amsterdam, wagte sich aber nicht immer in das Haus hinein, sondern irrte nur eine Weile in der Nähe davor herum und raffte nur hin und wieder so viel Mut zusammen, um sich nach Jeanne zu erkundigen. An solchen Tagen stand er früh auf. Er legte den weiten Weg immer zu Fuß zurück und ging schnell, voll stiller Freude, zufrieden, dass er so ganz allein war inmitten des Menschengewimmels, und immer mit der geheimen Hoffnung, es werde ihm dies Mal vergönnt sein, sein Kind endlich wieder zu sehen.

In der Straße angelangt, ging er auf dem entgegengesetzten Bürgersteige erst lange Zeit hin und her, ohne ein Auge von der Haustür abzuwenden. Dann wagte er sich näher heran und wartete darauf, dass ein Dienstbote herauskommen möchte. Bekam er dann niemand zu sehen, den er ausfragen konnte, so wandte er sich traurig und missmutig wieder heimwärts oder er ging zu dem Pförtner hinein, der ihn schlecht empfing und ihn misstrauisch ansah.

Aber welche Freude, wenn er jemand aus dem Hause abfangen und nach Belieben aushorchen konnte! Er war sehr schlau geworden, erfand allerhand Ausflüchte und Geschichten, um seine Neugierde gut zu motivieren und Fräulein Jeanne von Rionnes Namen möglichst ungezwungen in das Gespräch einzuschmuggeln. Und wie klopfte ihm das Herz, während er auf die Antwort wartete! Sagte man dann: »Es geht ihr gut; sie ist groß und hübsch geworden«, so war er versucht sich bei den Leuten zu bedanken, als wenn sie ein Kind von ihm gelobt hätten.

Wenn er nach einem solchen guten Bescheide von dannen ging, so herrschte himmelhohe Freude in seinem Herzen. Er glich dann eher einem Betrunkenen als einem vernünftigen Menschen. Er rannte die Vorübergehenden an und musste sich Gewalt antun, um nicht laut zu singen. Es duldete ihn dann auch nicht mehr in der Stadt, er musste sich austoben, und wanderte aufs freie Feld hinaus, aß in einer Herberge zu Mittag und kehrte spät am Abend, mit Staub oder Kot bedeckt und halb tot vor Müdigkeit, nach Hause zurück.

Georg war diese Expeditionen gewöhnt. Er hatte ihn nur die ersten Male damit aufgezogen oder ihn deswegen beinah gescholten. Als der Bummler aber sich in ein scheues Schweigen hüllte, lächelte er bloß noch, wenn Daniel des Sonntags wieder ausging und dachte:

»Der hat jetzt was Liebes!«

Eines Tages ließ ihm aber die Neugierde doch keine Ruhe und als Daniel atemlos und mit strahlendem Gesicht nach Hause kam, ergriff er seine beiden Hände und fragte:

»Sag' mal, ist sie hübsch?«

Daniel gab keine Antwort, sah ihn aber so erstaunt und so vorwurfsvoll an, dass er sich bewusst wurde eine Dummheit begangen zu haben, und seit jenem Tage respektierte Georg gewissenhaft das Geheimnis seines Freundes. Ja, er liebte Daniel mehr denn je, ohne zu wissen warum, wenn dieser nach einem solchen sonntäglichen Ausfluge wieder zurückkam. In dieser Weise also lebten sie vertraulich zusammen ohne einen Dritten zwischen sich zu dulden. Anfangs zwar besuchte sie bisweilen ein junger Mann aus der Nachbarschaft, Namens Lorin, ein großer Streber, dem sie nicht gut die Tür weisen konnten. Aber sein galliges Gesicht und seine unsteten Augen missfielen ihnen und kamen ihnen unheimlich vor. Dieser Lorin war ein geborener Ränkeschmied, der nur auf eine gute Gelegenheit wartete, dem Glück Gewalt anzutun. Er pflegte zu sagen, die gerade Linie sei im Leben der längste Weg. Einen Beruf zu wählen, z. B. die Medizin oder die Rechtswissenschaft, hielt er für eine große Dummheit; die Ärzte und Rechtsanwälte, meinte er, müssten sich erbärmlich schinden, ehe sie es bei ihrem mäßigen Verdienst zu einem bescheidenen Wohlstand brächten. Er wollte schneller emporkommen und versicherte, er sei der Mann dazu, einen Hauptcoup zu machen, der ihm mit einem Male etwas ordentliches in den Schoß werfen würde.

Er hatte nicht bloß geprahlt, der ersehnte Reichtum fiel ihm zu. Wie, bekam die Welt nie zu erfahren; er behauptete immer, er hätte an der Börse spekuliert. Mit dem so oder so erworbenen Gelde ließ er sich in industrielle Unternehmungen ein und wurde binnen wenigen Jahren, da ihm auch der Zufall wohl wollte, kolossal reich.

Daniel und Georg, die heikle Geschichten über ihn zu erfahren bekamen, waren froh, dass er sie nicht mehr mit seinen Besuchen behelligte, seitdem es ihm gut ging. Er wohnte jetzt in der vornehmen Rue Taitbout und erinnerte sich ungern der bescheidenen Impasse Saint Dominique d'Enfer.

Eines Abends jedoch kam er zu ihnen, um vor ihnen groß zu tun, mit seinem Glück zu prahlen. Er war allerdings wenigstens physisch sehr zu seinem Vorteil verändert. Der Reichtum hatte seinem Blick, seinem Auftreten Sicherheit verliehen und sein Gesicht sah nicht mehr so gelb aus, wie früher.

Die beiden Freunde empfingen ihn aber sehr kühl, sodass er nicht wiederkam.

Daniel und Georg genügten sich gegenseitig so vollkommen, dass sie keines andern Umgangs bedurften, und ihre Seelen verwuchsen so innig miteinander, dass in keinem je der Gedanke an die Möglichkeit einer Trennung aufkam.

VII.

Eines Morgens begab sich Daniel wieder nach der Rue d'Amsterdam und als er am Abend heimkam, erklärte er seinem Freunde, am nächsten Tage müsse er ihn verlassen, vielleicht für immer.

Er hatte an jenem Tage erfahren, dass Jeanne aus dem Kloster definitiv zurückgekehrt sei und bei ihrer Tante wohnte. Seitdem war er außer Rand und Band, denn natürlich schwärmte er nur noch für den Gedanken, dass er in dem Hause seines Abgotts Wohnung nehmen müsse. Er sann nach, klügelte einen feinen Plan aus und ging sofort an die Ausführung. Er brachte nämlich in Erfahrung, dass Tellier endlich in das Abgeordnetenhaus gewählt worden war und einen Sekretär brauchte. Hierauf gründete er seinen Plan, bemühte sich sofort um Empfehlungen und nahm dem Verfasser des enzyklopädischen Wörterbuchs, der ihm Dank schuldete, das Versprechen ab, dass er sich für ihn bei Tellier um die Stelle bewerben würde. Diese Vermittlung hatte den gewünschten Erfolg, Daniel sollte sich am nächsten Tage vorstellen und war von vornherein eines günstigen Bescheides sicher.

Als Daniel Georg seinen Entschluss, aus der alten Wohnung auszuziehen, ankündigte, konnte dieser in seiner schmerzlichen Verwunderung lange Zeit kein Wort der Erwiderung finden.

»Aber wir können doch nicht so auseinander gehn«, sagte er endlich. »Die Arbeit, die wir vorhaben, nimmt noch Jahre in Anspruch. Ich rechnete auf Dich, ich brauche Deine Mithilfe. Wo gehst Du denn hin? Was willst Du tun?«

»Als Sekretär zu einem Abgeordneten ziehen«, antwortete Daniel mit einer Ruhe, als verstünde sich das so von selber.

»Du und Sekretär eines Abgeordneten?!« Georg lachte. »Du spaßt, lieber Freund, denn Du kannst doch nicht der schönen Karriere, die Dir winkt, um einer untergeordneten und wenig einträglichen Stelle willen entsagen. Bedenke doch, dass uns die Zukunft gehört.«

Daniel zuckte sehr gleichmütig die Achseln und lächelte voll souveräner Verachtung. Was machte er sich aus Ruhm und Ehren! Was brauchte er eine Karriere, eine Zukunft, wenn er nur Jeanne glücklich machen konnte! Er opferte ihr alles, ohne Bedenken; erniedrigte sich, ordnete sich einem fremden Willen unter, bloß um das Wohl des seiner Obhut anvertrauten Kindes besser fördern zu können.

»Also Dein Meisterstück willst Du nicht mehr machen«, drängte Georg.

»Mein Meisterstück muss ich auf einem andern Gebiet machen«, erwiderte Daniel sanft. »Ich gehe eben von Dir, um daran zu arbeiten. Frage mich nicht; Du bekommst eines Tages alles zu wissen, sobald das Werk vollbracht sein wird. Vor allen Dingen bedaure mich nicht. Ich bin glücklich, denn heute ist mir eine Freude zu Teil geworden, auf die ich zwölf Jahre lang gewartet habe. Du kennst mich; Du weißt, dass ich einer sinnlosen oder schimpflichen Handlung unfähig bin. Mache Dir also keinen Kummer darüber, dass ich gehe, sondern sage Dir, dass mein Herz Befriedigung gefunden hat, und dass ich an die Erfüllung meiner Lebensaufgabe gegangen bin.«

Georg gab ihm statt der Antwort die Hand. Er begriff, dass die Trennung sich nicht umgehen ließ; er hörte aus den Worten des Freundes eine so edle Begeisterung heraus, und ahnte, dass sie sich durch keine Hindernisse aufhalten lassen, dass sie auch vor den größten Opfern nicht zurückschrecken würde.

Den nächsten Morgen schied Daniel mit heißen Tränen von ihm. Er hatte die Nacht nicht geschlafen, um seine Sache in Ordnung zu bringen und dem lieben Zimmer, in das er gewiss nie wieder zurückkehren würde, Lebewohl zu sagen. Sein Herz pochte hoffnungsfreudig und doch beklemmte ihn auch ein Wehgefühl, nun er den Ort, wo er gehofft und geweint hatte, verlassen musste.

Als er auf der Straße eben Abschied nahm, hielt er Georg noch einen Augenblick auf und sagte:

»Ich werde Dich besuchen, wenn ich kann. Sei mir nicht böse und arbeite für zwei.«

Mit diesen Worten lief er schnellen Schrittes davon. Die Begleitung des Freundes hatte er abgelehnt.

Eine solche Flut von Gedanken durchwogte sein Hirn, dass er in der Rue d'Amsterdam anlangte, ohne sich des durchlaufenen Weges bewusst zu sein.

Seine Gedanken bewegten sich nur in der Vergangenheit und der Zukunft. Er sah mit den Augen seines Geistes Frau von Rionne auf ihrem Sterbebett, ging mit erstaunlicher Klarheit die verflossenen Jahre, Monat für Monat, durch und suchte die Ereignisse, die nun kommen würden, vorher auszurechnen.

Durch diese ganze Träumerei zog sich ein Bild, das der kleinen Jeanne, so wie er sie einst auf dem Sande hatte spielen sehen, und der Anblick dieses Bildes entfachte in seiner Brust ein Feuer, das sein ganzes Wesen durchglühte.

Denn die Kleine gehörte ja eigentlich ihm, ihre Mutter hatte sie ihm vermacht. Er wunderte sich, dass man sie ihm während der ganzen Zeit vorenthalten hatte; ereiferte sich über den Diebstahl und ließ sich dann wieder besänftigen durch den Gedanken, dass man sie ihm ja jetzt wiedergeben würbe. Nun würde sie ihm, ihm gang allein gehören. Nun würde er sie lieben wie er ehemals ihre Mutter geliebt, auf den Knien, wie eine Heilige. Bei diesem Gedanken wurde der letzte Rest von Vernunft und Besonnenheit davongewirbelt und nun durchraste sein ganzes Sein ein ungeheuerlicher Drang nach Selbstaufopferung.

Seine Liebesgefühle quollen über und drohten ihn zu ersticken. Zwölf Jahre lang hatte er so manches Mal die Hände aufs Herz gedrückt, damit es sich nicht regen und sein stummes, kaltes, passives Maschinendasein nicht stören sollte. Nun aber war das Erwachen gekommen, ein gewaltiges, leidenschaftsvolles Erwachen. Es hatte sich in seinem Herzen eine geheime, unausgesetzte Umwandlung vollzogen, indem die Liebesfähigkeit aus Mangel an freiem Spielraum gereizt und gesteigert worden und zu einer fixen Idee ausgeartet war. Sein ganzes Fühlen bewegte sich in lauter Übertreibungen; er konnte nicht an Jeanne denken, ohne die Versuchung in die Kniee zu sinken.

Er stand plötzlich in Telliers Arbeitszimmer, ohne zu wissen, wie er da hingekommen war. Dann hörte er die Antwort des Bedienten: »Bitte Platz zu nehmen, der Herr wird gleich kommen.« Er leistete auch der Aufforderung Folge und bemühte sich, seine geistige Ruhe wieder zu gewinnen.

In der Tat erwies sich die kurze Pause als Wohltat für ihn. Er hätte gestottert, wäre er unmittelbar vor seinen zünftigen Chef getreten. Nun blieb ihm Zeit, aufzustehen und sich die Bibliothek, so wie die hunderterlei Gegenstände anzusehen, die auf den Stühlen und dem Schreibtisch herumstanden oder lagen. Alle diese durchweg kostspieligen Sachen schienen ihm von zweifelhaftem Geschmack.

Auf einer Konsole stand eine niedliche Statuette der Freiheit aus weißem Marmor, die Daniel für eine Venus gehalten hätte, wäre nicht die phrygische Mütze gewesen, die sie kokett auf dem krausen Haar trug.

Während der junge Mann neugierig das Kunstwerkchen besah und sich zu fragen anfing, was er eigentlich hier täte, hörte er hinter sich husten.

Tellier war hereingekommen.

Er war ein beleibter Mann mit breitem Gesicht und runden, hervorspringenden Augen. Er trug den Kopf hoch aufgerichtet und machte beim Sprechen immer ein und dieselbe Bewegung mit der rechten Hand.

Daniel gab an, wer er sei und was ihn herführte.

»Ich weiß schon«, antwortete Tellier, »und ich glaube, wir werden uns verständigen. Nehmen Sie gefälligst Platz« worauf er sich selber in den Lehnstuhl niederließ, der vor dem Schreibtisch stand.

Tellier war durchaus kein schlechter Mensch und hatte bei verschiedenen Gelegenheiten Verstand bewiesen. Wenigstens in Geschäftssachen, denn außerdem verfügte er nur über drei bis vier feierliche Ideen, die so mechanisch wie die Puppen auf gewissen altmodischen Leierkasten in seinem Gehirn herumtanzten. Ruhten diese Ideen, so war er erschrecklich öde. Er litt nur an einem Laster, sich für einen großen Politiker zu halten, was eine groteske Selbstüberschätzung war. Die Maximen, die er über die Regierung der Staaten in seinen endlosen Salbadereien zum Besten gab, erinnerten nur an die schnoddrige Kritik, die Portierfrauen an den Maßregeln des Herrn Hauswirts üben. Selbstredend war er von der Wahrheit seiner Behauptungen felsenfest überzeugt und ließ sich durch nichts in der Seelenruhe stören, die ihm seine unbescheidene Dummheit verlieh.

Seine Spezialität war schon in frühester Jugend das Wohl des Volkes und die Freiheit gewesen. Als er dann späterhin zu Reichtum gelangte und über ein ganzes

Heer von Arbeitern zu kommandieren hatte, setzte er sein philanthropisches Geschwabbel fort, ohne sich je den Gedanken beikommen zu lassen, dass er besser tun würde, weniger zu reden und die Löhne zu erhöhen. Das Volk und die Freiheit waren für ihn nur Abstrakta, die er nur platonisch zu lieben brauchte.

Als endlich sein Reichtum ins Kolossale gestiegen war, beschloss er ganz nach seiner Neigung zu leben und ließ sich deshalb zum Abgeordneten wählen.

In der Tat fand er auch seine Rechnung bei diesem Berufswechsel. Empfand er doch ein ungeheures kindliches Vergnügen, wenn in den Reden, die er mit gewissenhafter Aufmerksamkeit anhörte, recht viel pompöse Schlagwörter und lange, inhaltslose Phrasen vorkamen, und kehrte er doch jedes Mal aus der Kammer mit der aufrichtigen Überzeugung heim, dass er wieder einmal Frankreich gerettet habe.

Er machte stets in Opposition. Das hob ihn auch in seiner Selbstachtung, denn er war ja eine unentbehrliche Schutzwehr der Freiheit gegen die Barbarei: Im Grunde genommen wunderte er sich, dass die Leute auf der Straße nicht vor ihm niederfielen und ihn den Vater des Volkes nannten.

Er flößte aber niemanden Achtung oder Furcht ein, weder der Regierung, noch der Opposition, und benahm sich bei verschiedenen Gelegenheiten so einfältig, dass manche ihn für bestochen hielten. Der Arme fand jedoch keinen Käufer, weil er sich zu hoch abschätzte und zu wenig wert war. Er hatte wohl das Zeug zu einem Gecken, aber nicht zu einem Intriganten.

Manchmal hielt er auch Reden im gesetzgebenden Körper d. h. er las langatmiges Geschwafel vor. Dabei passierte es ihm jedoch einmal, dass er seine Sache gut machte, weil sich die Debatte um die Industrie drehte, von der er etwas verstand. Dieser Erfolg hätte ihm den rechten Weg weisen, ihn lehren sollen, dass es für ihn das Beste war sich auf sein Fach zu beschränken. Aber seine Eitelkeit träumte nur von großartigen Prinzipienerörterungen und so blieb er bei den erbärmlichen Gemeinplätzen stehen, in denen sich alle Demokratien zu bewegen lieben. Seine Frau setzte Himmel und Hölle in Bewegung, um ihn von der aktiven Politik fern zu halten. Denn da ihr ganzer Ehrgeiz sich um die Herrschaft im Reich des Luxus und der Mode drehte, hätte sie es gern gesehen, wenn er vor ihr zurückgetreten und bescheiden im Hintergrunde geblieben wäre. Aber er beharrte bei seinem Vorsatze und erklärte ihr, er lasse ihr volle Freiheit in ihren Amüsements, wollte aber auch seinerseits seinem Vergnügen, so wie er es auffasste, nachgehen. Es hatte also sein Bewenden dabei, dass Jedes seinen eignen, dem des Andern diametral entgegengesetzten Weg ging. Sie wurde in ihrem Ärger immer exzentrischer in ihren Toiletten, immer verschwenderischer und er donnerte in der Kammer gegen den Luxus, pries die heilsame Rauheit der republikanischen Sitten, drosch philanthropische Phrasen. Im Grunde genommen war die Narrheit des Einen nicht besser oder nicht schlechter, als die des Andern.

Es währte nicht lange, so kannte Telliers Ehrgeiz keine Grenzen mehr. Es kitzelte ihn, unter die Schriftsteller zu gehen, die Welt mit einem weitschichtigen Werk über die Nationalökonomie zu beglücken. Leider verheddderte er sich gehörig in dieser heiklen Materie und musste sich nach einem Sekretär umsehen, der ihm aus der Patsche helfen sollte. Daniel tat sehr demütig, sehr devot, sagte Ja zu allen Bedingungen, die es Tellier beliebte ihm vorzuschreiben. Er hörte kaum hin auf das, was der Andre sagte, und hatte bloß vor, sich in dem Hause auf die Dauer festzusetzen.

»Noch Eins!« rief plötzlich der Abgeordnete, als schon alles vereinbart war. »Da wir zusammen arbeiten, muss jedem Missverständnis zwischen uns vorgebeugt werden. Die Gedanken sind zollfrei und ich möchte Ihrem Gewissen nicht die geringste Konzession zumuten; aber sagen Sie mir doch: Welches sind Ihre politischen Meinungen?«

»Meine politischen Meinungen?« wiederholte Daniel verdutzt.

»Ja wohl. Sind Sie liberal gesinnt?«

»Natürlich bin ich liberal, so liberal wie nur möglich!« bestätigte der junge Mann, dem zur rechten Zeit die Marmorstatuette mit der Freiheitsmütze einfiel und indem er sich unwillkürlich nach der Konsole hinwandte.

»Haben Sie Die gesehen?« fragte Tellier mit feierlichem Ernst, erhob sich von seinem Sitz und nahm die Puppe in die Hand. »Dies ist die große Mutter, die irdische Jungfrau, die dermaleinst die Völker zur Wiedergeburt emporheben wird!«

Daniel sah das Ding neugierig an und wunderte sich, so pompöse Worte auf solch ein winziges Figürchen angewendet zu hören. Der Abgeordnete aber betrachtete die Statuette so zärtlich wie ein Kind, seinen geliebten Hampelmann. In der Tat hatte er eines Tages dieses sein Spielzeug, als er es nicht an dem gewohnten Orte fand, Stunden lang gesucht, bis er es in Jeanne's Händen fand. Die Kleine, die damals noch im Anfang ihrer Schulzeit stand, war auf einen Tag aus dem Kloster nach Hause zurückgekehrt und hatte die Göttin der Freiheit als Puppe benutzt.

Aus Telliers Rührung schloss Daniel, dass das kleine Frauenzimmerchen durchaus der Vorstellung entsprach, die sich der Phrasenheld von der derben und gewaltigen Göttin machte; die Freiheit, die er mit so großem Geschrei verlangte, war ein niedliches, lächelndes Dirnchen; kurz ein Taschenexemplar der Freiheit.

Tellier versank schließlich wieder in seinen Lehnstuhl, nahm Daniels Dienste definitiv an und erging sich in politischen Betrachtungen von unverständlichster Tiefsinnigkeit. Der arme Mensch musste seine Rolle als gehorsames Möbel schon früh antreten.

Mitten in einer langen Periode wurde der Redner von einer Lachsalve unterbrochen, die sich im anstoßenden Zimmer vernehmen ließ. Eine jugendliche Stimme rief vergnügt: »Onkel! Onkel!« Gleichzeitig flog die Tür auf und herein stürmte ein junges Mädchen, auf Tellier zu und zeigte ihm zwei exotische Vögel in einem vergoldeten Käfig, den sie in der Hand hielt. »Sehen Sie doch, Onkel«, sagte sie. »Wie allerliebst sie mit ihrer roten Brust, ihrem gelben Rücken und ihrer schwarzen Federkrone aussehen. Die habe ich eben geschenkt bekommen.« Dabei lächelte sie und bog, um die Gefangenen besser betrachten zu können, mit reizend geschmeidigen Bewegungen den Kopf zurück.

Sie sah noch sehr kindlich aus, obwohl sie schon völlig erwachsen und entwickelt war. Es war, als erfülle ihre Erscheinung die ernste Studierstube mit Licht und Luft; ihr weißes Kleid verbreitete einen milden, klaren Glanz; ihr Gesicht strahlte wie die rosige Morgenröte. Sie trippelte hin und her, schwenkte den Käfig, nahm den ganzen Raum für sich in Anspruch und ließ überall den frischen Duft der Jugend und Schönheit zurück. Dann richtete sie sich wieder auf und schaute mit ihren tiefen Augen ernst drein, ein Bild stolzer und noch unwissender Jungfräulichkeit.

Das war die kleine Jeanne!

Die kleine Jeanne! Daniel war bei ihrem Eintritt bebend aufgestanden und betrachtete seine liebe Tochter voller Ehrerbietung. Er hatte nie bedacht, dass sie gewachsen sein musste. Für ihn war sie so geblieben, wie er sie zuletzt gesehen hatte, und in seiner Vorstellung von ihrem Wiedersehen neigte er sich immer zu ihr nieder, um sie auf die Stirn zu küssen.

Und nun war sie ein großes, schönes, stolzes Mädchen geworden! Nun glich sie den andern Damen, die sich über ihn mokierten! Um keinen Preis wäre er an sie herangetreten, um sie zu umarmen. Ja, bei dem bloßen Gedanken, dass sie ihren Blick nun auch auf ihn richten werde, erschrak er schon.

Sie hatten ihm sein Töchterchen ausgewechselt. Ein Kind hatte er wieder haben wollen, denn nie würde er sich erkühnen, die große und hübsche junge Dame da anzureden, die so listig lachte und so stolz auftrat. In dem Augenblick des ersten Erstaunens wusste er nicht mehr recht, was er hier machte, vergaß er ganz, was seine Wohltäterin ihm geboten hatte.

In seiner Bestürzung war er in eine Ecke zurückgewichen und stand verlegen da, ohne zu wissen, was er mit seinen Händen anfangen sollte. Trotz seiner Angst konnte er nicht die Augen von dem Gesicht des jungen Mädchens abwenden, denn er fand, dass sie der Mutter ähnelte, aber die Reize der Gesundheit und des Lebens vor ihr voraus hatte und fühlte eine linde Wärme in seiner Brust aufsteigen.

Jeanne, die auf die Scheltworte des Onkels hinhören musste, sah nicht einmal den schüchternen Gast.

Der Onkel nämlich konnte die lärmvolle Lebendigkeit der jungen Mädchen nicht leiden, die ihn aus seinem tiefsinnigen Konzept brachte. Er maß Jeanne mit strengen Blicken und war nahe daran, aus dem Häuschen zu geraten.

»Herr des Himmels!« rief er, »Du kommst ja hier herein wie ein Sturmwind. Kannst Du denn nicht vergessen, dass Du nicht mehr im Institut bist? So nimm Dich doch zusammen und sei ein wenig gesetzt.«

Jeanne, die sich beleidigt fühlte, hatte während dieser Strafpredigt eine ernste Miene angenommen, und ein kaum merkliches Lächeln der Geringschätzung zuckte um ihre Rosenlippen. Man konnte ihr anmerken, dass sie rebellisch gesinnt war. Offenbar hatte sie schon herausgefunden, wie viel dummer Dünkel sich hinter dem feierlichen Ernst des Onkels verbarg, denn in ihren Augen spiegelte sich maliziöse Heiterkeit, die gegen die ihr zugemutete Ehrpussligkeit Einspruch erhob.

»Zumal jemand bei mir ist«, setzte Tellier mit gewichtigem Nachdruck seiner Vermahnung hinzu.

Jeanne wandte sich nach dem Jemand um und bemerkte Daniel in seiner Ecke. Sie sah ihn einige Sekunden lang neugierig an und hob die Lippen mit einem Anflug von Missvergnügen. Sie hatte bis jetzt nur für die Heiligenbilder ihres Klosters geschwärmt, und der hagere Gesell mit den unregelmäßigen, unschönen Gesichtszügen und dem linkischen Wesen erinnerte doch in keiner Hinsicht an die reinen Profile und seidigen Bärte, mit denen ihr Gebetbuch illustriert war.

Daniel senkte unter ihrem Blick den Kopf, während er eine Blutröte in sein Gesicht aufsteigen fühlte. Es war ihm weh ums Herz. Nie wäre er auf den Gedanken gekommen, dass die so lange Jahre hindurch herbeigesehnte Zusammenkunft ihm so viel Pein verursachen würde. Er gedachte der stürmischen Erregung, die noch kurz zuvor, als er nach der Rue d'Amsterdam eilte, sein Inneres durchtobt hatte, rief sich sein Bild wieder vor die Seele, wie er, rasend vor Begeisterung, Jeanne in Gedanken in seine Arme schloss, um sie davonzutragen. Und nun stand er, an allen Gliedern bebend, vor dem jungen Mädchen und konnte kein Sterbenswörtchen finden, sie anzureden.

Gleichwohl trieb ihn ein dunkler Drang zu Jeanne hin. Es wandelte ihn, nachdem die erste Schüchternheit vorbei war, das Gefühl an, als müsste er auf die Kniee niedersinken. Wenn er dies unterließ, so war es keineswegs Telliers Gegenwart, die ihn daran hinderte; denn er hatte vollständig vergessen, wo er sich eigentlich befand: Der furchtbare Gegensatz zwischen seiner Traumwelt und der Wirklichkeit hielt ihn festgebannt.

Vor allen Dingen aber merkte er, dass Jeanne ihn nicht wieder erkannte. Er hatte wohl gesehen, wie verächtlich sie bei seinem Anblick den Mund verzogen hatte, und nun erfüllte grenzenlose Scham und Bitterkeit sein Herz. Also sie liebte ihn nicht und würde ihn nie lieb gewinnen. Darunter verstand er, dass sie nie zu ihm wie zu ihrem Vater aufsehen und er an ihr nie eine Tochter haben würde.

Während diese Gedanken sein Hirn durchkreuzten, tat Jeanne in ratloser Verlegenheit einige Schritte, nahm dann ihren Käfig wieder zur Hand und trippelte schleunigst davon, ohne die Schelte ihres Onkels mit einem einzigen Wort zu erwidern.

Als sie heraus war, fuhr Tellier zu dozieren fort:

»Also, mein junger Freund, ich war bei der Theorie der Association stehen geblieben. Gesetzt, zwei Arbeiter tun sich zusammen, ...«

Und so ging es eine gute Stunde lang weiter. Daniel hörte nicht hin und nickte bloß beifällig mit dem Kopfe. Statt aufzupassen, sah er verstohlen nach der Tür, durch die Jeanne verschwunden war, und hing trübsinnigen Grübeleien nach.

VIII.

Schon am nächsten Tage war der Umzug bewerkstelligt. Daniel bewohnte jetzt in dem Tellierschen Hause ein vier Treppen hoch gelegenes geräumiges Zimmer, dessen Fenster auf den Hof und in einen Winkel zwischen Vorder- und Seitengebäude hinausgingen.

Er hatte des Vormittags von acht bis zwölf Uhr in dem Studierzimmer zu arbeiten, d. h. Briefe zu schreiben und die endlosen Reden des Abgeordneten anzuhören, der ihre Wirkung an seinem Sekretär ausprobieren zu wollen schien. Des Nachmittags beschäftigte er sich dann damit, Ordnung in das Werk hineinzubringen, in dem sich Tellier nicht mehr zurechtfand. Über den Abend konnte er nach seinem Belieben verfügen.

Seinem Wunsche gemäß brachte man ihm sein Essen in sein Zimmer hinauf und so kam es, dass in den ersten Tagen die Hausbewohner seine Gegenwart nicht einmal bemerkten. Er begab sich nach dem Studierzimmer mit leisen Schritten und ohne sich unterwegs aufzuhalten. Ebenso still zog er sich auf sein Zimmer zurück, sodass es nicht verwunderlich war, dass man nichts von ihm sah und hörte.

Eines Abends ging er aus, um Georg zu besuchen. Sein Freund fand, dass er krank und vergrämt aussah. Er sagte nicht, wie es ihm jetzt ging, sondern schwelgte nur in alten Erinnerungen, woraus Georg schloss, dass er den Drang spürte, sich in die Vergangenheit zurückzuflüchten. Er forderte ihn deshalb schüchtern auf wieder zu ihm zu ziehen und mit ihm an dem gemeinsamen Werk weiter zu arbeiten. Aber dieser Vorschlag erfuhr eine beinah zornige Ablehnung.

In der Tat war Daniel in jener trüben Zeit nur einem Gedanken zugänglich: Er wollte Jeanne's Charakter erforschen, er wollte wissen, was man aus seinem lieben Töchterchen gemacht hatte. Jedenfalls hatte man sie ihm vollständig umgemodelt und deshalb drängte sich ihm die sorgenvolle Frage auf, wie die unbekannte junge Dame, deren Lippen so verächtlich zu lächeln verstanden, geartet sein möge.

Er legte sich also auf die Lauer, beobachtete Jeanne's Thun und Treiben, suchte sich über die Bedeutung aller ihrer Worte und Handlungen, auch der geringfügigsten, klar zu werden. Bei diesem Bestreben verdross es ihn, dass er nicht öfter und vertraulicher in ihrer Nähe weilen konnte. Kaum, dass es ihm vergönnt war, sie durch ein Zimmer huschen zu sehen, sie lachen oder einige kurze Äußerungen hinwerfen zu hören. Sich ihr aufzudrängen wagte er nicht. Sie schien ihm ein unnahbares, von einer blendenden Glorie umgebenes Wesen; stand sie vor ihm, im Glanze ihrer Schönheit und Jugend, so kam er sich so klein vor, als schaue eine Gottheit auf ihn herab.

Unter anderm nahm er die Gewohnheit an, jeden Nachmittag gegen vier Uhr, wenn schönes Wetter war, an sein Fenster zu treten und in den Hof hinabzusehen, wo eine Equipage wartete, in der Frau Tellier und Jeanne spazieren zu fahren pflegten. Wenn die beiden Damen die Freitreppe hinunterstiegen, hatte Daniel nur Augen für das junge Mädchen.

Wie sie sich hierbei benahm, war für ihn ein Studium von besondrem Interesse. Die Art, wie sie sich in die Kissen zurückwarf, fand er von einer Lässigkeit, die sein Missfallen erregte. Auch ärgerte ihn ihr Putz, denn er hatte das Gefühl, dass alle die Bänder und Spitzen ihm imponierten und ihn einschüchterten.

War die Equipage mit Jeanne davongerollt, so starrte Daniel noch eine Weile in den leeren Hof hinab. Der tiefe Schacht kam ihm dann jedes Mal noch düsterer und öder vor als zuvor. Er ließ seinen Blick trübselig an den Wänden entlang gleiten und gedachte mit Bitterkeit der schönen Träume, an denen er sich angesichts der Bäume der Impasse Saint Dominique d' Enfer ergötzt hatte.

Er redete sich bald ein, dass Jeanne ein schlechter Charakter und dass die Sorgen ihrer armen Mutter nichts weniger als grundlos gewesen seien. Diesen Gedanken gab ihm sein Missmut ein, sein Ärger, dass er seine jetzige Umgebung nicht verstand.

Der Übergang hatte sich zu schnell vollzogen. Da er bisher mit mönchischer Strenge und in einsiedlerischer Zurückgezogenheit gelebt hatte, so kannte er vom Leben nur die rauen Seiten. Der naive große Gelehrte hatte vor Putz und Luxus eine heilige Scheu und nicht das geringste Verständnis für die Eigenart der Frauen.

Und nun stand er plötzlich dem Thun und Treiben der müßigen Reichen gegenüber, nun sollte er die Gemütsäußerung eines jungen Mädchens deuten. Hätte Jeanne ihm ein so freundschaftliches Willkommen geboten wie einst Georg im Luxemburger Garten, so hätte er das ganz natürlich gefunden, denn er hatte keine Ahnung von den Gebräuchen, die in der vornehmen Welt herrschen. Er erkundigte sich nicht, was sich hinter dem ihm verhassten Frauenputz verbarg, sondern bildete sich ohne Weiteres ein, er decke ein verderbtes Herz. Statt dessen hatte Jeanne in ihrem Kloster, trotz ihrer achtzehn Jahre, einen sehr kindlichen und kindischen Sinn behalten. Ihr Gemüt und ihr Verstand waren im Umgange mit ihren oberflächlichen kleinen Freundinnen zurückgeblieben und sie hielt das Leben für eine Art Märchendrama, in dem sie einst auch eine Rolle spielen würde. Im Kloster übermäßig in Anspruch genommen durch die unzähligen Albernheiten und Nichtigkeiten der modernen Mädchenerziehung, war sie ein nervöses Kind, ein elegantes, distinguiertes Püppchen geworden.

Von ihrer Mutter hatte sie nur noch eine recht dunkle Vorstellung. Kein Mensch sprach je mit ihr über ihre erste Kindheit und sie selber dachte an die Verstorbene nur, wenn sie die Mütter der Kameradinnen im Sprechzimmer des Klosters sah. Dann fühlte sie wohl, dass es ihrem Herzen an etwas fehlte, aber was das war, hätte sie nicht angeben können.

In dem Maße wie sie heranreifte, gewöhnte sie sich an die Vereinsamung, zu der die verurteilt war, und wurde verschlossen, gleichgültig, beinah boshaft. Aus dieser Gemütsverfassung entwickelte sich allmählich eine starke Neigung zu Spott und Ironie, durch die sie sich überall gefürchtet machte, während anderseits die zarteren Gefühle einschlummerten und in den Tiefen ihres Herzen verborgen blieben. Vielleicht hätte es nur eines Kusses bedurft, um ihre Liebesfähigkeit zu wecken und ein zärtliches Weib aus ihr zu machen. Aber es war niemand da, der ihr diesen Kuss gab.

Nachdem Sie also vom Kloster abgegangen war, und sich bei der denkbar schlechtesten Morallehrerin in die Schule begeben hatte, wohnten zwei verschiedene Ichs in ihr, ein spottsüchtiges, hochmütiges, und ein edleres, das sich nicht kannte, aber ab und zu in einem seelenvollen Blick zutage trat.

Da erfasste sie eine unsinnige Leidenschaft für Toiletten und frivole Vergnügungen, um sich auszutoben, um ihre Jugendkraft, mit der sie nichts anzufangen wusste, zu verausgaben. Natürlich konnte diese frivole Beschäftigung sie nicht wirklich befriedigen, und es gab Augenblicke, wo sie sich über die Ödigkeit ihres Lebens klar wurde; aber dann verspottete sie sich selbst, suchte sich zu beweisen, dass zu ihrem Glück nichts fehle, und tadelte sich, dass sie sich nach Dingen sehne, die es nicht gebe. Freilich, so etwas wie Liebe hatte nie für sie existiert.

Infolge dessen ließ sie sich immer mehr gehen und suchte an der Befriedigung der Eitelkeit Genüge zu finden, in dem Rauschen prunkvoller Kleider, in der Bewunderung, die ihr die Menge zollte, im Reichtum und Luxus das Glück und den einzigen Zweck des Lebens zu sehen.

Einen aus so verschiedenen Elementen zusammengesetzten Charakter konnte natürlich ein so schlechter Seelenkenner wie Daniel nicht begreifen. Er sah wohl die hochmütigen Blicke, verstand aber nicht den Ausdruck der sanften Gefühle, die sich in der Tiefe ihrer Augen widerspiegelten. Er hörte wohl ihr Lachen, aber die heimlichen Tränen, die sie mit ihrer lärmvollen Lustigkeit niederkämpfte, sah er nicht.

Er konstatierte also, dass Jeanne von böser Gemütsart sei, und empfand tiefen Schmerz über diese weisheitsvolle Entdeckung. Demzufolge beschloss er, ihr nicht zu sagen, wer er sei, und welches Amt ihre Mutter ihm übertragen habe. Er wollte die Rolle eines unsichtbaren Hüters spielen, nicht die eines banalen Beschützers. Auch sah er ein, dass Jeanne mit ihrem hochfahrenden Charakter das Joch, so leicht es auch sein mochte, sofort abschütteln würde. Im Grunde genommen aber hätte er nie so viel Mut aufbieten können, ihr gegenüber zu treten und ihr sein Geheimnis zu offenbaren.

Zu seiner größten Verwunderung fühlte er seine Zuneigung zu Jeanne und seinen Eifer ihr zu dienen, mehr und mehr wachsen, seitdem er von ihrer moralischen Verderbtheit überzeugt war. Entrüstung und Anbetung wechselten sich bei ihm fortwährend ab. Sah er sie spöttisch oder leichtfertig gestimmt, so lief er davon, in sein Zimmer hinauf. Da oben aber sah er sie mit seinem geistigen Auge so groß und schön, dass er nicht mehr an die Bösartigkeit eines solchen Wesens glauben mochte. Er nahm sich dann vor, ihr Gemüt zu wecken, um sie nach Herzenslust anbeten zu können.

Bis dahin war ihm nicht klar geworden, welches Jeannes materielle Lage und ihr Verhältnis zu ihrer Tante sein mochte. Nun aber entsann er sich, dass Frau von Rionne von bevorstehendem Ruin gesprochen hatte, und in den zwölf Jahren, die seit ihrem Tode verflossen waren, musste der Vater diesen Ruin leicht genug zustande gebracht haben. Daniel zog vorsichtig Erkundigungen ein und erfuhr in der Tat, dass dem Lüderjan nicht mehr viel übrig geblieben sei. Jeanne konnte also kein Vermögen haben, und nun kam es Daniel merkwürdig vor, dass Frau Tellier ihrer Nichte eine so üppige Gastfreundschaft gewährte. Die Sache hatte folgende Bewandtnis. Frau Tellier war sich, als sie Jeanne zu sich nahm, von vornherein klar darüber gewesen, dass sie damit die Tochter ihres Bruders gewissermaßen adoptierte, und hatte sie deshalb so lange wie möglich im Kloster gelassen. Späterhin, als sie schier vierzig Jahre alt war, neigte sie, infolge geheimer Enttäuschungen, zur Schwermut. Da entsann sie sich Jeanne's und berief sie zu sich, um sie zu vermählen.

Allerdings kosteten ihr Jeanne's Toiletten ein Heidengeld, aber auch bei dieser Verschwendung fand die praktische Frau ihre Rechnung, denn indem sie Jeanne putzte, putzte sie sich selber und frönte so nur ihrer Liebe zum Luxus und ihrer Eitelkeit. Da sie einmal ihre Nichte in ihrem Salon bei sich haben musste, war es für sie gar nicht anders denkbar, als dass diese darin nur als ein Ausbund von Chic und Eleganz figurieren konnte.

Vielleicht sprach aber noch ein andrer Hintergedanke bei Frau Telliers Handlungsweise mit. Es wäre ihr gewiss nicht unlieb gewesen, wenn ihr die letzten Jahre, wo sie noch als Königin der Schönheit und der Mode glänzen konnte, recht viel Kampf und Aufregung gebracht hätten. Jedenfalls fand sie Vergnügen daran, sich mit Jeanne als einer Nebenbuhlerin zu messen und sie wusste sich vor Freude kaum zu lassen, wenn auf ihren Soireen die Herren Jeanne vernachlässigten, um die Dame des Hauses zu umschwärmen. Sie ließ jedermann wissen, dass ihre Nichte keine Mitgift hatte, und lachte, wenn die Freier davonliefen. Vielleicht berechnete sie sogar die schlimme Wirkung, die Jeanne's reiche Kleider auf die ledigen Herren ausüben mussten, wenn sie erfuhren, dass die schöne, junge Dame keinen Heller Vermögen besaß. Ihre Nichte wurde eine seltne, aber gefährliche, weil zu kostspielige Blume. Sie machte sie also unerreichbar für die Freier, ein Spiel, an dem sie Gefallen fand. Endlich war sie darauf gefasst gewesen, dass die Klostererziehung aus Jeanne ein Gänschen gemacht hätte, und nun war sie angenehm überrascht, als sie in ihrer Nichte einen verbitterten, bissigen, kalten Charakter entdeckte. Deshalb hatte sie rasch Freundschaft geschlossen mit der Spötterin und bestärkte sie in ihrem hässlichen Fehler, ohne sich etwas Böses dabei zu denken. Denn da ihr selber keine Herzensgüte eigen war, die Jeanne's Herz zum Leben hätte erwecken können, so glaubte sie ihr einen Dienst zu erweisen, indem sie ein Talent in ihr ausbilden half, das ihrer Meinung nach einer zukünftigen Weltdame förderlich und notwendig war.

So führten also beide dasselbe frivole Leben, die Tante mit vollster Seelenruhe, die Nichte ab und zu von heimlichem moralischen Unbehagen gequält. Die Eine galt in Paris für eine Königin der Mode, die Andre für eine Infantin, die früher oder später Königin werden sollte. Über diese beiden Damen ärgerte sich also Daniel jedes Mal, wenn er sie von seinem Fester aus in ihre Equipage steigen sah, und gedachte der Worte seiner Wohltäterin, die vorausgesehen hatte, wie schlechte Unterweisung ihre Tochter von der Tante empfangen würde. Wie sollte er bloß diesem bösen Einfluss entgegenwirken?

Da geschah es eines Tages, dass Tellier, der Daniel seine Huld zugewandt hatte, ihn zu einer Soiree einlud. Daniels erster Gedanke war, er solle die Aufforderung ablehnen. Gab es doch nichts Entsetzlicheres für ihn, als sich in einem hell erleuchteten Salon unter lauter eleganten Herren und Damen zu bewegen!

Aber da ließ sich in seinem Innern Frau von Rionne's matte Stimme vernehmen. »Folgen Sie meiner Tochter auf Schritt und Tritt, hatte sie gesagt, und halten Sie alle schlechten Einflüsse von ihr ab.«

Er nahm also trotz seiner innerlichen Angst Telliers Einladung an.

Am Abend brachte er über eine Stunde vor seinem Spiegel zu. Denn so wenig eitel er war, so sehr fürchtete er, sich in Jeanne's Augen lächerlich zu machen. Es gelang ihm denn auch eine Toilette zustande zu bringen, die in ihrer Einfachheit nichts Auffälliges hatte.

Als er sich dann zur festgesetzten Zeit in den Salon schlich, war ihm anfangs so beklommen zumute, wie einem Schwimmer, der mit dem Kopf untertaucht. Die Lichter tanzten ihm vor den Augen, das Stimmengewirr summte ihm in den Ohren und sein Atem stockte. Er musste eine Weile unbeweglich stehen bleiben, um des Übels Herr zu werden.

Da ihn aber niemand beim Eintritt beachtet hatte, so konnte er sich ungestört erholen und die übermäßige Befangenheit abschütteln.

Nun vermochte er seine Umgebung klar zu erkennen. Der in Weiß und Gold gehaltene Salon erstrahlte im hellsten Kerzenlicht; die vergoldete Bronze der Kandelaber blitzte und von den Wänden prallten grelle Reflexe ab, von denen die Augen geblendet wurden.

In der schwülen Luft des Raumes wogten Blumendufte, in die sich die Parfüms weiblicher Schultern mischten.

Es fiel Daniel auf, dass die Damen im Hintergrunde saßen, während die Herren, von ihnen abgesondert, an den Türen und Fenstern standen und unter sich blieben. Die ganze Gesellschaft war in zahlreiche Gruppen aufgelöst, und man hörte nur ein gedämpftes Gemurmel, aus dem von Zeit zu Zeit ein leises, alsbald zurückgehaltenes Lachen herausklang. Daniels hatte sich bei dem Anblick eine Art achtungsvoller Scheu bemächtigt. Der Ernst der älteren Männer, die Eleganz der Jüngern imponierten ihm. Denn da er nie so viel Glanz und Herrlichkeit gesehen hatte, so war sein Geist unvorbereitet und vollkommen wehrlos gegen den gewaltigen Eindruck, den das Ganze auf ihn ausübte; er bildete sich ein, er sei plötzlich in eine lichte Sphäre versetzt, wo alles gut und schön sein müsse. Besonders verzückt war er über das liebenswürdige Lächeln der Damen, über ihre schönen, mit Gold und Edelsteinen geschmückten Arme und Hälse. Namentlich aber hatte er seine Augen auf Jeanne geheftet, die stolz und sieghaft inmitten eines Schwarms von Verehrern saß.

Bald wandelte ihn nun die Lust an, den Gesprächen dieser höheren Wesen zu lauschen, und er trat bescheiden an eine Gruppe heran, in der Tellier ein gewichtiges Thema zu entwickeln schien.

Da hörte er Folgendes:

»Ich bin seit gestern etwas erkältet«, sagte der Abgeordnete.

»Da müssen Sie sich in acht nehmen«, antwortete ein alter Herr.

»Ei bewahre! So was vergeht, wie's gekommen ist.«

Länger hörte Daniel nicht diesem Gespräch zu; er bedauerte vielmehr, vergessen zu haben, dass Tellier ein Dummkopf war.

Er ging also einige Schritte weiter und blieb hinter einer jungen Frau und einem jungen Mann stehen. Die Dame, die lässig da saß, neigte lächelnd und träumerisch die Stirn, um — so schien es — der Sphärenmusik zu lauschen und sich von der Erde weg in eine höhere Welt emporzuschwingen. Der junge Mann, der sich leicht auf die Lehne ihres Sessels stützte, glich einem Cherub im Frack. Daniel glaubte, er würde mit einem Liebesgespräch regaliert werden, wie man deren bei den Dichtern liest. »Was für gräuliches Wetter heute gewesen ist!« murmelte der Jüngling.

»Ach, erinnern Sie mich nicht daran«, erwiderte die Dame tief erregt. »Ich bekomme immer Kopfweh, wenn's regnet, und denke mir, ich sehe heute Abend abscheulich aus.«

»Nicht doch, Sie sind zum Anbeten schön.«

»Haben Sie bemerkt, dass, wenn es regnet die Haare nicht kraus bleiben?«

»Allerdings!«

»Ich habe mir heute dreimal die Haare kräuseln lassen, aber wie wirr sehen sie jetzt aus!«

»Ich brauche in solchen Fällen immer gepulvertes Gummi arabicum.«

»Wirklich? Besten Dank für das Rezept.« Daniel dachte, das müsse ein Friseur sein, und entfernte sich schleunigst, um die Erörterung etwaiger andrer Geschäftsgeheimnisse nicht zu stören. Nun suchte er sich zwei große, junge Burschen aus, die abseits standen.

Denn, dachte er, die Beiden hätten keine Damen zu unterhalten und müssten also wie Männer sprechen.

Sie sprachen aber wie Kutscher und Daniel verstand ihre Worte nicht vollständig, sodass er sie für Ausländer hielt. Endlich erriet er, dass sich ihr Gespräch um die Frauenzimmer und die Pferde drehte, konnte aber nicht immer genau feststellen, welche Ausdrücke sich auf die Pferde und welche sich auf die Frauenzimmer bezogen, denn sie sprachen über beide gleich liebevoll und mit gleicher Rohheit.

Da blickte Daniel aus klaren Augen in dem Salon herum. Es war eine Ahnung in ihm aufgestiegen, dass er sich durch äußeren Prunk hatte bestechen lassen. Die Plattheiten und Eseleien, die er hier zu hören bekam, waren genau so öde wie die Dialoge der Ausstattungsstücke im Theater.

Er dachte, all die Pracht bestehe nur in Reflexen von Juwelen und kostbaren Kleidern. Die Köpfe, die alten sowohl wie die jungen, waren hohl oder taten, als wären sie hohl, um sich aus Höflichkeit dem Niveau der Andern anzupassen. Alle die Herren schauspielerten und zeigten kein eigenes Hirn und Herz. Alle die Damen waren Zierpuppen, die auf ihren Stühlen zur Schau saßen, wie man Porzellanfigürchen auf Etageren zur Schau stellt.

Da regte sich ein mächtiger Stolz bei Daniel. Er bildete sich auf einmal etwas ein auf seinen Mangel an Schliff und seine Weltfremdheit. Nun fürchtete er sich nicht mehr vor den Blicken der Andern, sondern hob den Kopf und bewegte sich frei im Salon herum. Ungehobelt wie er war, kam er sich ihnen so überlegen vor, dass er nicht mehr danach fragte, ob sie über ihn lächelten oder nicht. Sein Selbstbewusstsein war wieder erwacht, und er nahm in aller Unbefangenheit den Platz in Anspruch, der ihm zukam.

Hatte er sich bis jetzt noch nicht an die Gruppe herangewagt, in deren Mitte Jeanne wie eine Königin thronte, so ging er jetzt gerade auf sie zu und blieb nur hinter den Andern stehen, um sobald es anginge, in die erste Reihe vorzutreten.

Jeanne sah zerstreut aus; sie hörte nur mit halbem Ohr auf die Komplimente der Herren, die sich um sie herumdrängten. Sie kannte ja all die Redensarten auswendig und fand das Wortgeklingel an diesem Abend langweilig. Sie zerdrückte ungeduldig einen Rosenstängel zwischen ihren Fingern und ihre entblößten Schultern machten leise Bewegungen, die Geringschätzung verrieten. Daniel störte es, dass sein liebes Töchterchen so tief ausgeschnitten ging, und er spürte in seinem Herzen ein unbekanntes Wonnegefühl, das ihm durch jede Ader rieselte.

Er fand das junge Mädchen entzückend schön, schöner als er sie je gesehen hatte. Sie glich ihrer Mutter sehr, und ihr Anblick zauberte ihm ein teures Bild, Frau von Rionne's, vor Augen, wie sie, blass und abgemagert, damals den Kopf auf das Kissen zurücklehnte. Aber die Wangen blühten rosig, in den Augen strahlte die Flamme des Lebens, zwischen diesen Lippen wehte ein lieblich gesunder Odem.

Vor Jeanne stand ein junger Mann, der sich von Zeit zu Zeit niederneigte und der ihre Gestalt Daniels Blicken zum Teil entzog. Dieser ärgerte sich über den Menschen, dessen Gesicht er nicht sehen konnte. Warum drängte sich der Unbekannte so an das junge Mädchen heran? Was wollte er von ihr, und mit welchem Recht stellte er sich zwischen sie und ihn?

Aber da geschah es, dass der junge Mann sich umwandte, und Daniel erkannte Lorin, der ihn gleichfalls bemerkte und ihm mit verbindlichem Lächeln die Hand zum Gruße hinhielt. Lorin ging in dem Tellierschen Hause ein und aus. Zu der Zeit nämlich, als er den Grundstein zum Aufbau seines Vermögens legte, hatte er Tellier Kapitalien anvertraut, und diesem war es leicht gewesen, sie aufs Vorteilhafteste anzulegen. Daher die Freundschaft zwischen den Beiden.

Böse Zungen fügten zwar noch hinzu, der junge Mann suche noch etwas Andres in dem Tellierschen Hause: Er habe lange genug dort verkehrt, um mit dem Mann über Geschäfte und mit der Frau über Liebe zu sprechen. Jedenfalls aber vernachlässigte Lorin, seit Jeanne gekommen war, Frau Tellier in unverkennbarer Weise.

Er schob seinen Arm in Daniels und ging mit ihm durch den Salon, um sich mit ihm leise zu unterhalten.

»Also Sie verkehren auch hier? Wie freue ich mich, dass ich Ihnen wieder begegnet bin!«

»Sehr liebenswürdig«, antwortete Daniel ziemlich kühl.

»Was macht Raymond?«

»Es geht ihm gut.«

»Also Sie haben sich bequemt aus ihrer Klausnerzelle hervorzukommen und sich in dem Paradiese dieser Welt zu verirren?«

»O, ich werde mich schon wieder zurechtfinden. Ich kenne meinen Weg.«

»Sie kommen wohl wegen der jungen Dame, die Sie soeben mit so lüsternen Augen bewunderten?«

»Ich?« fragte Daniel mit veränderter Stimme und sah Lorin gerade in's Gesicht, aus voller Furcht, dass er sich dem Manne gegenüber eine Blöße gegeben und sich habe durchschauen lassen.

»Na, was wäre dann weiter dabei?« meinte der Andre ruhig. »Wir sind ja alle in sie verschossen. Sie hat prachtvolle Augen und üppige Lippen, von denen man sich mal was versprechen kann. Dazu ist sie geistreich, witzig; — na, kurz, wer die mal kriegt, der langweilt sich nicht.«

Dieses eigentümliche Lob in solchem Munde verdross Daniel sehr. Doch verbiss er seinen Ärger und bemühte sich, Gleichgültigkeit zu heucheln.

»Aber sie hat kein Geld, lieber Freund«, fuhr Lorin fort, »nicht einen roten Heller. Frau Tellier, die mir gewogen ist, war so gewissenhaft und liebenswürdig mich auf diesen Punkt aufmerksam zu machen. Das Mägdlein ist reizend wie ein Engel, aber sie gehört nicht zu den

Engeln, die keinen andern Schmuck brauchen als ihre Flügel; sie konsumiert grausig viel Seide und Samt und Atlas. Sie wird mal entzückend sein als Frau; nur schade, dass sie einem auch verteufelt viel kosten wird.«

Er schwieg eine Weile nachdenklich und begann dann wieder plötzlich:

»Sagen Sie mal, Raimbault, würden Sie ein Mädchen heiraten, das nichts hätte?«

»Ich weiß nicht«, antwortete Daniel durch diese Frage überrascht. »Ich habe nie darüber nachgedacht. Aber ich glaube, ich würde Diejenige heiraten, die ich liebte.«

»Da hätten Sie vielleicht recht«, kam es langsam aus Lorins Munde. »Ich freilich würde so etwas für eine Torheit halten.«

Er hielt inne, als trüge er Bedenken seinen Gedanken offen auszusprechen. Dann aber sagte er:

»Ach was! Torheiten begeht man ja jeden Tag.«

Hierauf lenkte er das Gespräch auf etwas Andres, seinen Reichtum und die Vorteile, die das Geld verleihe. Endlich aber unterbrach er sich, als er Frau Tellier bemerkte, die eben hereingekommen war, und um die sich rasch eine Menge Herren drängten.

»Wollen Sie, dass ich Sie unsrer Königin vorstelle?« fragte er Daniel.

»Ist nicht nötig«, antwortete dieser. »Sie kennt mich.«

»Ich habe Sie aber nie hier gesehen.«

»Es ist auch das erste Mal, dass ich heruntergekommen bin. Ich wohne nämlich im Hause. Ich bin seit vierzehn Tagen Herrn Telliers Sekretär.«

Diese kurz hingeworfenen, dürren Worte brachten auf Lorin eine merkwürdige Wirkung hervor.

»Sie sind Telliers Sekretär?!«

Der Ton, in dem er dies aussprach, bedeutete: »Zum Donnerwetter, warum haben Sie mir das nicht früher gesagt, Sie Lump Sie? Dann wäre ich nicht so lange mit Ihnen öffentlich herumspaziert?«

Er ließ sacht Daniels Arm los und schloss sich der Gruppe an, die sich um Frau Tellier gebildet hatte. Da der ehemalige Kamerad nur ein subalterner Angestellter war, konnte der Verkehr mit ihm nur Schaden bringen.

Daniels Lippen umspielte ein verächtliches Lächeln; er bedauerte, dass er Lorin nicht früher klaren Wein eingeschenkt hatte; dann wäre er den unangenehmen Menschen gleich los geworden. Indessen folgte er dem empfangenen Rat und trat an Frau Telliers Verehrerscharen heran.

Die Dame prangte mit einer Jugend, die ihr viele Mühe und Arbeit gekostet hatte, und erheuchelte eine übertriebene Kindlichkeit in ihrem Gesicht, das hier und da seine Runzeln aufwies. Von Zeit zu Zeit blickte sie verstohlen nach Jeanne hinüber und freute sich, wenn sie konstatierte, dass sie doch immer noch mehr Verehrer um sich hatte, als ihre junge Nichte. Die Kleine spielte in ihren Augen nur die Rolle eines Versuchs- und Vergleichsobjektes; sie bewies ihr, dass es mit ihrem Alter noch nicht zu schlimm war.

Zu denjenigen ihrer Trabanten, die sich am aufmerksamsten, galantesten zeigten, gehörte auch Lorin. Der Heuchler war viel zu pfiffig, der Nichte wegen, die er zwar liebte und bewunderte, mit der Tante zu brechen, die er vielleicht noch brauchen konnte.

Indessen, so eitel Frau Tellier auch war, so erriet sie doch die innersten Gedanken ihres Courmachers und ließ es ihn auch merken.

»Herr Lorin«, sagte sie, indem sie eine unverkennbare Ironie in den Ton ihrer Stimme und in den Ausdruck ihrer Gesichtszüge legte, »gehen Sie doch zu meiner

Nichte hinüber. Die Arme sitzt ja ganz allein da und langweilt sich.«

Aber sie bekam alsbald Grund, den Spott zu bereuen. Lorin, der sich ärgerte, dass sie ihn durchschaute, nahm sie beim Wort, und ihm folgten mehrere naive junge Herren, die froh waren, der jüngeren Schönheit huldigen zu dürfen. Auch Daniel schloss sich ihnen an. Jeannes Zerstreutheit und Gleichgültigkeit wich jetzt vor dem Bestreben, sich vor den andern Damen hervorzutun. Ihre Züge belebten sich, ihre Augen erglänzten, ihre Lippen sprudelten von witzigen Einfällen und Bonmots, aber ihr Gemüt und Herz hatte keinen Teil an dem nervösen Geplauder.

Daniel wurde weh ums Herz, während er ihr zuhörte. Er sagte sich, sie wäre nicht so dumm und eingebildet wie die andern jungen Damen, aber nicht minder gemütsarm. Frau von Rionne's Furcht vor dem bösen Einfluss, den der Verkehr in der Gesellschaft auf Jeanne ausüben konnte, war nur allzu begründet; Daniel begriff, dass in diesen höheren Regionen das Herz zu schlagen aufhören musste.

Das Hauptopfer, das sich Jeanne zum Ziel ihres herben Spottes erkor, war Lorin.

»Also, Sie sind fest überzeugt, das ich ein anbetungswürdiges Geschöpf bin?«

»Anbetungswürdig«, wiederholte Lorin mit Nachdruck.

»Würden Sie das auch in Gegenwart meiner Tante behaupten?«

»Sie selber hat mich zu Ihnen geschickt, damit ich's Ihnen sage.«

»Ich bin ihr sehr verbunden, dass sie mir dieses Kompliment gönnt. Aber ich bin eine gutmütige Seele und will Ihnen deshalb eine Warnung zukommen lassen: Ihnen droht eine große Gefahr.«

»Was für eine, wenn ich fragen darf?«

»Die Gefahr, dass Sie einmal im Ernst meinen könnten, was Sie jetzt nur als Galanterie sagen.«

»Wissen Sie was Neues? Ich gedenke ein Geländer um mich herum errichten zu lassen.«

»Ein Geländer? Wozu denn?« fragte Lorin, den diese Art Geistreichelei aus dem Konzept brachte und ängstigte.

Jeanne lachte und zuckte die Achseln.

»Das könnten Sie nicht raten? Damit die Blinden nicht in den Abgrund der Mitgiftslosigkeit fallen.«

»Ich verstehe nicht«, stammelte Lorin.

Sie sah ihn voll an und er senkte vor ihr den Blick.

»Desto besser«, versetzte sie. »Nun sehe ich, dass Sie mir etwas vorgeredet haben: Sie finden mich nicht anbetungswürdig.«

Sie brach ab und gab dem Gespräch eine andere Wendung.

»Haben Sie von dem entsetzlichen Unglücksfall gehört«, fragte auf einmal Lorin, »der gestern beim Wettrennen passiert ist?«

»Nein«, antwortete Jeanne. »Was ist denn vorgefallen?«

»Ein Jockey hat sich das Rückgrat gebrochen, als er über das dritte Hindernis setzen wollte, und während der Unglückliche am Boden lag und vor Schmerz brüllte, lief das nächste Pferd über ihn weg und zermalmte ihm das eine Bein.«

»Ich war dabei«, fiel ein junger Mann ein. »So etwas Schreckliches ist mir noch nicht vorgekommen.«

Ein leichter Schauer ging über Jeannes ruhevolles Gesicht hin, aber sie kämpfte die bessere Regung nieder und sagte gleichgültig:

»Der Mann ist ungeschickt gewesen. Wer sich in acht nimmt, fällt nicht vom Pferde.« Daniel, der sich bis dahin schweigsam verhalten hatte, bäumte sich das Herz in der Brust auf bei der gefühllosen Bemerkung des jungen Mädchens.

»Bitte um Verzeihung«, fiel er ein, »aber ich glaube, den Herren ist die Geschichte nicht vollständig bekannt.«

Alle wandten sich nach dem Eindringling hin, dessen Stimme vor tiefer Erregung zitterte.

»Ich habe den Bericht über den Unglücksfall heute früh in der Zeitung gelesen. Der ungeschickte Mensch, der die Dummheit begangen hat, einen tödlichen Sturz zu tun, wurde, mit Blut überdeckt, zu seiner Mutter gebracht. Diese, eine arme sechzigjährige Frau, verlor den Verstand bei dem Anblick. Gegenwärtig ist die Leiche des Sohnes noch nicht beerdigt, und in einer Zelle der Salpêtrière heult und jammert eine Mutter.«

Lorin fand diesen Ausfall seines alten Kameraden sehr anstandswidrig und dachte, der ungehobelte Mensch scheine doch wirklich unverbesserlich.

Aber Jeanne hatte, während Daniel sprach, ihn aufmerksam angesehen, und als er ausgeredet hatte, sagte Sie:

»Ich danke Ihnen, Herr Raimbault.«

Zwei Tränen perlten langsam ihre Wangen hinunter, die tiefe Blässe überzog. Tränen, die Daniel mit inniger Freude fließen sah.

IX.

Seit jenem Abend, wo Daniel ihr Tränen entlockt hatte, existierte er für Jeanne. Sie ahnte, dass er ein Anderer war als diejenigen, mit denen sie bisher verkehrt hatte. Allerdings fühlte sie sich von ihm mehr abgestoßen als angezogen. Der ernste, merkwürdig hässliche Mann flößte ihr eine Art Schrecken ein. Aber sie wusste, dass er da war, im Hause, und dass seine Blicke Ihr überall folgten.

Wenn sie jetzt in die Equipage stieg, hob sie den Kopf empor, trotzdem sie sich vorgenommen hatte, dies nie zu tun, und dann sah sie ihn jedes Mal an seinem Fenster. Das verdarb ihr die ganze Spazierfahrt. Sie fragte sich, was er wohl von ihr wollen möge, und dachte nach, ob sie nicht irgendetwas Schlechtes oder Törichtes getan oder gesagt habe. Auch Daniel begriff, dass der Kampf eingeleitet war, und spielte seine Rolle als stummer Morallehrer, so gut es ging, denn oft fühlte er sich versucht, das junge Mädchen um Verzeihung wegen seiner Strenge zu bitten. Er ahnte, dass er ihr missfiel, und fürchtete, zu weit zu gehen und sie vollständig gegen sich aufzubringen. Konnte er es auch wirklich verantworten, — so dachte er oft, — dass er ein so holdes Wesen belästigte und ihren Seelenfrieden störte?

Aber derartige Regungen widerlegte alsbald sein unerbittliches Pflichtgefühl. Er hatte geschworen, über Jeannes Glück zu wachen, und das Fieber der Weltlust, so glaubte er, werde sie früher oder später loslassen und dann würde sie Reue und Entmutigung empfinden. Deshalb wollte er sie so bald als möglich aus ihrem öden Amüsementstaumel herausreißen und musste sie wohl oder übel jeden Augenblick verletzen und verstimmen.

Auf diese Weise wurde er eine Art Schreckgespenst für Jeanne und für Frau Tellier. Er ging stets vollständig schwarz gekleidet und protestierte immer und überall durch seine Gegenwart gegen das frivole Leben, das die beiden Damen führten.

Man konnte sich keine sonderbarere Erscheinung vorstellen, als diesen merkwürdigen Menschen, der mit einem Mal überall in der vornehmen Pariser Gesellschaft auftauchte. Man nannte ihn den schwarzen Ritter und es wäre ihm, wenn er gewollt hätte, leicht geworden, Eroberungen unter den Frauen zu machen, deren Neugierde er stark reizte.

Eines Tages, als Jeanne eine Kollekte in einer Kirche abhielt, stellte sich ihr Daniel, der schon Geld gespart hatte, in den Weg.

Die junge Dame hielt ihr liebenswürdigstes Lächeln bereit und dachte natürlich mehr an die Eleganz ihrer Toilette als an das Elend der Armen. Obgleich in der Kirche, war sie eben so skeptisch und zu Spott aufgelegt wie in Gesellschaft.

Als sie vor Daniel angelangt war, sagte sie, ohne aufzublicken die übliche Formel her:

»Für die Armen, mein Herr.«

Erstaunt über die bedeutende Summe, die auf den Teller gelegt wurde, schlug sie die Augen empor und erkannte den jungen Mann. Sie errötete, ohne zu wissen warum, und in ihren Augen glänzten Tränen, während sie weiter ging.

Ein andres Mal wohnte sie in einem Theater der Aufführung eines nicht sehr sittlichen Lustspiels bei und lachte unbefangen über die Späße, die sie nicht immer verstand. Da wandte sie sich zufällig um und bemerkte hinter sich Daniel, der sie vorwurfsvoll ansah. Dieser Blick ging ihr zu Herzen; sie dachte, sie handle unrecht, da der schwarze Ritter Unzufriedenheit bezeigte. Sie lachte den ganzen Abend nicht wieder und zog sich während des Zwischenakts in den Hintergrund der Loge zurück.

Den tiefsten Eindruck aber mochte auf sie die Lektion, die ihr Daniel gelegentlich eines sehr unangenehmen Vorfalls gab. Frau Tellier hatte sich die öffentliche Beschimpfung, die ihr schon einmal wegen ihres exzentrischen Aufzugs widerfahren war, nicht zur Lehre dienen lassen, und eines Tages, als sie mit Jeanne in ihrer Equipage ausgefahren war, wiederholte sich das unerquickliche Abenteuer. Zwei junge Leute, die gut diniert hatten und stark angeheitert waren, dachten feile Dirnen vor sich zu haben und belästigten sie mit kecken Liebesanträgen. Der Eine behauptete sogar, er kenne sie.

»Heda, Liebchen, kommst Du mit?« sagte er zu Jeanne.

Das junge Mädchen sah ihn erschrocken an, ohne ihm zu antworten.

»Na, na, warum bist Du denn mit einem Mal so stolz geworden?«

Aber in demselben Augenblick fühlte er sich am Arm gepackt. Hinter ihm stand Daniel und hielt ihn fest.

»Sie irren sich«, mein Herr, sagte er. »Bitten Sie die Damen um Verzeihung.«

Er nannte ihm ihre Namen und zog ihn an den Kutschenschlag heran. Der junge Mann war betroffen und entschuldigte sich bei den Damen, aber nichts weniger als reuig und demütig:

»Verzeihen Sie«, sagte er bloß, »aber wenn die anständigen Frauen ebenso gekleidet gehen wie diejenigen, die es nicht sind, wie soll man sie da voneinander unterscheiden?«

Daniel ließ ihn los und stieg in die Equipage ein. Der Kutscher erhielt den Befehl, nach der Ruhe d'Amsterdam zurückzufahren. Der Mann grinste und knallte mit der Peitsche.

Als der Wagen die Place de La Concorde durchquerte, ging eine Königin der Halbwelt in auffälliger Toilette vorüber. Daniel zeigte nach ihr, indem er Jeanne einen bedeutungsvollen Blick zuwarf.

Das junge Mädchen sah sich die Kreatur an, mit der sie verglichen wurde, und errötete über die Ähnlichkeit der beiden Kostüme. Hier wie dort derselbe verwegene, leichtfertige Flitter! Zu Hause angelangt, eilte sie dann auch gleich in ihr Zimmer hinauf, um sich ungestört satt zu weinen und dem Groll, den sie gegen Daniel hegte, Luft zu machen.

Auch Frau Tellier war der Sekretär ihres Mannes ein Dorn im Auge. Für sein energisches Auftreten, gegen die beiden jungen Leute, die sie insultiert hatten, schuldete sie ihm freilich nur Dank; aber im Ganzen genommen, ärgerte sie sich fürchterlich über das Gebaren des zudringlichen Menschen, der in ihr Haus gar nicht hineinpasste.

Sie hatte auch mehrere Male ihrem Manne hart zugesetzt, er möge ihm den Laufpass geben. Aber der Abgeordnete hielt große Stücke auf Daniel, der sich ihm unentbehrlich gemacht hatte. Tellier fand es bequem, sich von einem klugen Manne mit wissenschaftlichen Tatsachen, gescheiten Gedanken, geistreichen Bemerkungen versehen zu lassen, die er sich dann in seinem dummen Dünkel richtig zu verwerten vermaß. Er hütete sich also, eine so ergiebige Weisheitsquelle mit eigner Hand zu verstopfen, und setzte allen Klagen seiner Frau nur die gelassene Nachsicht der geistigen Überlegenheit entgegen. Sie möge sich um ihren Putz bekümmern; davon verstünde sie mehr als von den Pflichten eines Politikers, und da er sich ihre verschwenderischen Toiletten gefallen lasse, müsste auch sie seinen Sekretär dulden. Solange er nur ein einfacher Gewerbetreibender gewesen war, hatte er seiner Frau pariert; als Abgeordneter aber führte er eine gebieterische Sprache und wollte sich keinen Widerstand gefallen lassen.

Daniel seinerseits bemerkte nicht einmal, welchen Anstoß er überall erregte, und verfolgte den beschrittenen Weg, ohne sich zu scheuen, als ein Mann, der sich der Hochherzigkeit seiner Gesinnung bewusst ist. In Wirklichkeit war sein Verhalten äußerst ungeschickt. Frau von Rionne hätte keinen Testamentsvollstrecker finden können, der größerer Selbstlosigkeit und treuerer Liebe fähig gewesen wäre. Vielleicht aber hatte sie mehr Geschmeidigkeit und Weltklugheit, mehr Verständnis für das wahre Wesen der schwierigen Aufgabe vorausgesetzt.

Der junge Mann erfüllte seine Mission mit leidenschaftlicher Hingebung. Seine Unkenntnis der Welt und der Menschen, seine täppische Derbheit hoben den Edelmut seiner Absichten noch mehr hervor, passte er auch in die Welt, in der ihn die Verhältnisse zu leben zwangen, nicht hinein, so vertrat er doch in ihr die Treue und Selbstverleugnung. Seine Wohltäterin hatte mit der Hellsehkraft des Todes Daniel richtig beurteilt. Während von Rionne sein Vermögen verprasste, ohne an seine Tochter zu denken; während Frau Tellier aus Selbstsucht Jeanne verwahrloste und unglücklich machte, wachte er, den nur die Bande der Dankbarkeit an die Familie fesselten, über das junge Mädchen und empfand es bitter, dass ihm kein Recht auf ihre Erkenntlichkeit zustand. Er hatte endlich eingesehen, dass er Jeanne tagtäglich verletzte und kränkte. Es musste ihr rätselhaft sein, mit welchem Rechte er sie überallhin mit strengen Blicken verfolgte. Er war ja in ihren Augen nur ein armer Teufel von Schreiber, den sie nur aus Mitleid schonte. Unter der Last dieser Geringschätzung, über die er sich keiner Selbsttäuschung hingab, erlahmte dann und wann seine Kraft und kamen die Stunden, die sein Herz mit grenzenloser Bitterkeit erfüllten.

Hätte er jedoch die zugleich scheuen und hochmütigen Blicke, die das junge Mädchen auf ihn zu richten pflegte, besser studiert, so würde er trostvolle Freude empfunden haben. Er bewirkte eine wichtige Umwälzung in ihrem Innern, indem er ihr schlafendes besseres Ich weckte; denn was sie für Zorn hielt, waren eben nur die neuen ungekannten Gefühle, die sich jetzt geltend machten. Daniel bewirkte, dass ihr das Gewissen schlug, was sie nicht wahr haben wollte. In seiner Gegenwart schämte sie sich, und das brachte sie gegen ihn auf.

In seiner Unzufriedenheit machte sich Daniel jeden Morgen immer neue Vorwürfe, dass er sie nicht geraubt hatte, als sie noch ganz klein war. Statt dieses Windbeutels, dieser leichtfertigen Spötterin, hätte er sich doch solch ein gutes, sanftes Mädchen gezogen! Sie hatten ihm das Herz seines Kindes verkrüppelt, und nun stand es nicht mehr in seiner Macht, sie zu ändern, nun musste er zu seinem tiefsten Leidwesen den Leichtsinn und die Bosheit eines irregeleiteten Gemüts mit ansehen, das er zartsinnig und edel zu erhalten vorgehabt hatte.

Eines Tages kam Jeanne, um ein Buch zu holen, in Telliers Studierzimmer und machte sich das maliziöse Vergnügen, um Daniel herum zu irrlichtelieren und ihn so in Verlegenheit zu setzen. Sie hatte nämlich die Beobachtung gemacht, dass der schwarze Ritter seine Strenge in Gegenwart Andrer hervorkehrte, aber sehr blöde wurde, sobald er sich mit ihr allein befand. Diese Bemerkung war richtig, und er selber wusste recht gut, dass er ihr gegenüber feige war. Aber er hatte nicht nach den Gründen des plötzlichen Errötens, des Zitterns geforscht, das ihn befiel, wenn er ihr allein gegenüberstand. Diese Furcht vor ihr rührte aber daher, dass er wegen seiner

Weltfremdheit sehr knabenhaft geblieben war, was ihn gegen das junge Mädchen in Nachteil setzte.

Als Jeanne an jenem Tage eben die Hoffnung aufgab, ihn dahin zu bringen, dass er zu ihr aufblickte, und deshalb den Rückzug antreten wollte, blieb beim Umwenden ihr Kleid an einem Stuhl hängen und zerriss mit einem scharfen Geräusch. Da drehte sich Daniel unwillkürlich um und sah in Jeannes Gesicht, die ihm ruhig zulächelte, während sie ihr Kleid losmachte.

Er sah ein, dass er etwas sagen müsste, und brachte eine Dummheit hervor:

»Schade um das Kleid!« stammelte er.

Jeanne warf ihm einen erstaunten Blick zu, dessen Bedeutung ihm nicht zweifelhaft sein konnte. »Was geht Sie das an?« dachte sie. Und laut fügte sie mit unliebenswürdigem Lächeln hinzu:

»Sind Sie etwa ein Schneider, dass Sie nach solch einem Schaden fragen?«

»Ich bin arm«, entgegnete Daniel mit ziemlicher Festigkeit, »und sehe es deshalb nicht gern, wenn teure Sachen zugrunde gerichtet werden. Verzeihen Sie mir.«

Der weiche Ton, in dem er dies sagte, rührte das junge Mädchen und sie trat näher an ihn heran.

»Nicht wahr, Herr Daniel, Sie verabscheuen den Luxus?« fragte sie.

»Verabscheuen? Nein, aber ich fürchte ihn.«

»Wollen Sie sich Dreistigkeit anerziehen, dass Sie sich in der höheren Gesellschaft bewegen? Ich habe Sie öfter in solchen Kreisen bemerkt.«

Daniel gab keine Antwort auf diese Frage, sondern wiederholte nur:

»Ich fürchte den Luxus, weil er für das Herz und Gemüt gefährlich ist.«

Diese Worte begleitete ein Blick, durch den Jeanne sich beleidigt fühlte.

»Sie sind nichts weniger als galant«, bemerkte sie trocken und ging ärgerlich hinaus, während der arme Sekretär sich seiner Plumpheit und Grobheit schämte.

Er sah ein, dass er sie nicht festzuhalten vermochte, und schalt sich, weil er es nicht verstand, ihr sanftere und ersprießlichere Lehren zu erteilen. Gelang es ihm auch hin und wieder, ihr Herz weich zu stimmen, das spöttische Lächeln von ihren Lippen zu verbannen, so widerfuhr es ihm, dass er sich zu deutliche, zu derbe Ausdrücke entschlüpfen ließ, die sie beleidigten und ärgerten.

Im Grunde genommen war es ihm überhaupt unmöglich, gegen die Einflüsse ihrer Umgebung mit entscheidendem Erfolge anzukämpfen. Sie gehörte der höheren Gesellschaft an und lebte in einem beständigen Fieber, das sie nicht dazu kommen ließ, die Stimme in ihrem Innern anzuhören. Die Empfindungen, die Daniels Mahnungen zuweilen anregten, wurden durch den Lärm der Außenwelt immer rasch übertäubt und zurückgedrängt.

Scenen, wie die mit dem zerrissenen Kleide kamen zwischen den Beiden häufig vor, sodass Daniel Gelegenheiten genug hatte, Jeanne Moral zu predigen; aber jedes Mal fühlte er auch, dass er nur Rückschritte in Jeanne's Zuneigung machte. Sie zeigte sich dann immer kälter und hochmütiger denn je. Offenbar dachte sie dann, der arme Lump mische sich in Dinge, die ihn nichts angingen, und er konnte sich nicht mit seinem Geheimnis hervorwagen ihr nicht zurufen:

»Sie sind meine innigst geliebte Tochter, der ich mein Leben gewidmet habe. Sie sind das kostbare Vermächtnis derjenigen, der ich alles verdanke. Wenn Sie gute Reden führen, wird mir wohl ums Herz; lächeln Sie aber boshaft und schadenfroh, so zerreißen Sie mir das

Herz. Erbarmen Sie sich also meiner und seien Sie gut. Folgen Sie mir, denn was ich tue, bezweckt ja nur Ihr Glück, das mir unendlich teuer ist.«

Eine große Furcht jedoch war ihm genommen worden. Er hatte nämlich geglaubt, von Rionne würde sich seiner Tochter erinnern und sich um sie bekümmern. Aber seitdem er bei Telliers wohnte, hatte er den Mann, dessen lasterhafte Schlaffheit ihn anwiderte, noch nicht zu Gesicht bekommen.

Von Rionne dachte überhaupt nicht mehr daran, dass er eine Tochter hatte. Nur ein einziges Mal, nachdem sie aus dem Kloster zurückgekommen war, hatte er sich bei seiner Schwester blicken lassen, und zwar nur um ihr einzuschärfen, dass sie ihm nie das Mädchen in seine Wohnung bringen solle.

»Du weißt ja«, meinte er mit einem bedeutungsvollen Lächeln, »dass bei mir nur Männer verkehren, und da würde Jeanne sich nicht wohl fühlen.«

Nachdem er auf diese Weise jeder Störung seiner Bequemlichkeit wirksam vorgebeugt, ging er vergnügt davon und ließ sich nie wieder bei seiner Tochter sehen, nicht einmal zu einem kurzen Besuche, denn sie hätte ihm mit irgendeiner, wenn auch noch so unbedeutenden Bitte lästig fallen können.

Andrerseits aber begegnete Daniel im Hause oft einem andern Gesicht, das er nicht gern sah. Zu den Vertrauten der Familie gehörte auch Lorin, der bei den Damen den Liebenswürdigen spielte und um ihre Gunst warb. Er schien auch bei Jeanne Erfolg zu haben, denn sie sah ihn gern und hörte ihm gern zu. Er verstand es, sie zu unterhalten; ja, wenn sie übel gelaunt war, gab er sich sogar gutwillig und gemütlich zur Zielscheibe ihrer Satire her. Kurz, er machte sich nahezu unentbehrlich.

Daniel verursachte die Frage, was der Mann im Hause wollte, viel Sorge, namentlich, wenn er an das

Gespräch dachte, das er auf der Soiree mit ihm gehabt hatte. Seit jenem Tage verlor er ihn nicht mehr aus den Augen und machte sogar eines Tages einen Versuch, ihn auszuhorchen, erfuhr aber nichts, was seinen Verdacht bestätigt hätte.

Trotzdem zitterte er und hegte den glühenden Wunsch, Jeanne diesem, wie überhaupt allen Einflüssen zu entziehen, die ihren Charakter verschlechterten. Denn so viel war ihm klar, er würde nie etwas ausrichten können, solange sie in dem Strudel des Gesellschaftslebens stecken blieb. Er hätte sie am liebsten aus dem Gewühl hinaus, in eine friedvolle Einöde getragen, wo er nachhaltiger auf sie hätte einwirken können.

Sein Wunsch ging in Erfüllung. Denn eines Morgens teilte ihm Tellier mit, er verlasse Paris in acht Tagen, um sich mit seiner Frau und Jeanne in die Sommerfrische zu begeben. Er wollte seinen Sekretär mitnehmen und mit ihm an seinem großen Werke, das nur langsam vorrückte, weiter arbeiten.

Daniel gab sich einer innigen Freude hin, als er in sein Zimmer hinaufgestiegen war. Hatte er doch einen schlimmen Winter zugebracht, ein Leben gelebt, das ihm förmlich den Tod brachte, und nun konnte er sich sagen, dass er endlich in der freien Natur, in der Nähe seiner innigst geliebten Jeanne aufatmen würde. Da draußen, wo der Friede des Lenzes waltete, konnte er den Letzten Willen seiner Wohltäterin erfüllen.

Acht Tage später war er in der Normandie, auf einem Landgut, das Tellier am Ufer der Seine besaß.

X.

Telliers Landgut, Le Mesnil-Rouge, wie man es nannte, breitete sich auf dem sanften Abhang eines Höhenzuges aus, dessen Fuß die Seine bespülte. Das Wohnhaus war eines jener großen unregelmäßigen Gebäude, dem jeder Besitzer einen neuen Anbau hinzufügt, bis das Ganze mit seinen verschiedenartigen Dächern einem kleinen Dorfe ähnlich sieht. Man musste eine Weile suchen, bis man in diesem Wirrwarr das ursprüngliche Hauptgebäude mit seinen nach hinten zurückgezogenen Flügeln herausfand. Die langen und schmalen Fenster gingen auf einen Rasenplatz hinaus, der sich bis an den Fluss hinzog.

Hinter dem Hause lag ein großer Park, der den ganzen oberen Teil des Hügels einnahm. Die Bäume, deren dunkelgrüne Laubkronen sich von dem blauen Himmel scharf abhoben, bildeten einen ungeheuren Vorhang, der den weiten Horizont verdeckte.

Auf der andern Seite des Flusses dehnte sich eine unabsehbare Ebene aus, auf der man grau abgetönte Dörfer in dichte Massen von Grün gebettet sah. Die Äcker bildeten große mattfarbige Vierecke, die hier und da von den dunklen Reihen der Pappeln durchschnitten waren.

Zwischen der Ebene und dem Höhenzuge wand sich in großen Krümmungen die Seine hindurch, von Bäumen eingesäumt, die sie stellenweise dem Blick entzogen und neben dem Wasserlauf einen großen Laubstrom bildeten. Zu Füßen von Le Mesnil-Rouge schoss der Fluss schneller dahin zwischen seinen Ufern und den hier sehr zahlreichen Inseln, die ihn überall einengten und in eine Menge kleiner Arme spalteten. Die Vegetation gedieh hier sehr üppig, das Gras stand sehr dicht, die Bäume ragten majestätisch zu ungewöhnlicher Höhe empor. Alles war hier sich selbst überlassen, denn die Leute aus der Umgegend kamen nur einmal im Jahre her und nur um die Rabennester zu zerstören. In dieser lieblichen Einöde vernahm man nur das Geplätscher des Wassers, den Schrei des Eisvogels und das Gegirr der Holztauben.

Noch schöner vielleicht als die Inseln waren die schmalen Flussarme, die sich zwischen ihnen hindurchzogen. Hier bildeten die herabhängenden Aeste der Bäume lauschige Alleen, grüne Gewölbe, durch deren hohe Decke man hier und da das Blau des Himmels schimmern sah und deren Inneres ein grünliches Licht und angenehme Kühle erfüllte.

Fuhr man auf die Tore dieser Gewölbe zu, so erweiterten sie sich allmählich und gestatteten einen Ausblick auf die Ferne, die in einem zarten violetten Dunst verschwamm.

Dann sah man die breite Seine vor sich, in deren sonnenbeglänzten Fluten sich die bewaldeten Ufer dunkel abspiegelten, einen friedvollen weiten Horizont mit einfachen Umrissen, ein flaches Gelände unter einem breiten Himmelsdom, an dem sich weiße Wölkchen kräuselten. Wenn die Sonne an den heißen Junitagen höher emporstieg, erglänzte die ganze Landschaft in einem hellen goldigen Lichte. Die Pappeln allein bildeten schwarze Streifen an dem weißen Himmel.

Angesichts dieses hehren, freundlichen Bildes musste weihevoller Friede in das Herz jedes gefühlvollen Betrachters einziehen. Auch Jeanne stiegen, als sie am Tage nach ihrer Ankunft das Fenster öffnete und den Blick über das weite Gefilde schweifen ließ, die Tränen in die Augen. Sie eilte flugs hinunter, um die Brust in der linden Luft zu baden, die ihr ein unbeschreibliches Wohlgefühl zuwehte.

Hier wurde sie wieder zum Kinde, hier zeigte es sich, dass der Trubel des verflossenen Winters, die fieberhaften Aufregungen des Gesellschaftslebens sie nur äußerlich gestreift, nicht aber in die innersten Schichten ihrer Seele eingedrungen waren. In der lieblichen Kühle des jungen Lenzes stellte sich die unbefangene Heiterkeit ihrer Schuljahre wieder ein. Ihr war zumute, als sei sie noch im Kloster, als sei die Zeit zurückgekehrt, wo sie sich frei von allen Sorgen unter den Bäumen des Schulhofs tummelte. Nur dass hier ein liebliches Gelände, Rasen und Haine und Inseln, die in dem Dunst des fernen Horizontes verschwanden, den Schulhof ersetzten.

Wenn sie sich nicht geschämt hätte, würde sie am liebsten um die Stämme der alten Eichen Zeck und Versteck gespielt haben, so vollständig verjüngt fühlte sie sich. Ihre achtzehn Jahre, deren üppigen Übermut sie in den Salons fein manierlich zurückgehalten hatte, sangen ein Jubellied. Sie empfand eine ungekannte Lebenslust und plötzliche Anwandlungen von Mutwillen, sodass sie wie ein wilder Bube herumstrolchte, hüpfte und lachte. Dieses Überquellen der Jugendkraft blieb aber nur rein physischer Natur; das Herz regte sich nicht, nahm an dem neuen Leben keinen Anteil.

Frau Tellier zuckte die Achseln, wenn sie ihre Nichte sich so vergnügt tummeln sah. Für sie war Le Mesnil-Rouge ein Verbannungsort, an den die Mode sie den Sommer über fesselte. Sie langweilte sich hier aristokratisch und brachte ihre Tage damit hin zu gähnen, und auszurechnen, wie viel Wochen sie noch von dem Winter trennten. Wurde ihr das Heimweh nach Paris geradezu unerträglich, so quälte sie sich, um an dem Anblick der Bäume Gefallen zu finden, so dehnte sie ihre Spaziergänge bis an das Ufer der Seine aus und bemühte sich, das Wasser zu bewundern.

Allein diese heroischen Versuche endeten immer mit vollständiger Entmutigung. Sie konnte sich nichts Dümmeres und Unsaubreres als einen Fluss vorstellen und wunderte sich unbeschreiblich, wenn sie die Freuden des Landlebens rühmen hörte. Sie stimmte freilich, wenn in ihrer Gegenwart die schattigen Wälder und lieblichen Bäche gepriesen wurden, in das Loblied mit ein und gebärdete sich, als wolle sie vor Entzücken vergehen; aber in ihrem tiefsten Herzensgrunde hegte sie nur grimmigen Hass gegen das Gras, dass auf ihren Roben grüne Flecke hinterließ, und gegen die Sonne, die ihr den Teint verdarb.

Ihre gewöhnlichen Promenaden beschränkten sich auf langsame Umkreisungen der Rasenplätze. Sie ging dabei sehr vorsichtig zu Werke und verwandte kein Auge von dem Kiesweg, aus Furcht, es könnte ihr etwas Unangenehmes und Gefährliches zustoßen. Denn schon das dürre Laub flößte ihr Grauen ein, und eines Tages schrie sie laut auf, weil ein Brombeerzweig sie am Knöchel leicht gekratzt hatte.

Wenn sie Jeanne übermütig herumtoben sah, warf sie ihr Blicke voller Mitleid und Kummer zu. Sie hatte besseres erwartet von dem Mädchen, das den ganzen Winter hindurch so hübsch zu Kokettieren verstanden hatte.

»Gott erbarme sich, was bist Du ordinär, Jeanne! Man sollte wirklich glauben, Du amüsierst Dich! — Ach Gott, hier ist ein großes Loch voll Wasser; komm und reiche mir die Hand, damit ich hinübersteigen kann.«

Das junge Mädchen bekam dann Rückfälle in ihre alten Gepflogenheiten. Sie fühlte sich wieder bewogen, sich ebenso distinguiert zu gebärden, so zu hüpfen und angstvoll zu schreien wie die Tante. Von wirklicher Angst war dabei nicht die Rede; sie richtete sich nur nach Frau Tellier, die sie sich in Sachen des wahren Chics zum Vorbild genommen hatte. Indessen kribbelte es ihr bald wieder in den Füßen; sie fing an, schneller zu trippeln, ja, in die Wassertümpel mitten hineinzutreten und sich diebisch über den Spaß zu freuen.

Die größte Freude herrschte, wenn sich Besuch einstellte. An solchen Tagen strahlte Frau Tellier. Sie ließ dann die Gardinen zuziehen, um nicht mehr die Bäume vor Augen zu haben, und fühlte sich dann gewissermaßen nach Paris versetzt, wenn sie sich in dem seichten Geplauder der Weltdamen erging und sich an den Erinnerungen der Wintersaison berauschte. Bisweilen, — wenn sie vergessen hatte, die Fenstergardinen vorzuziehen, und mitten im Gespräch einen Blick nach dem fernen Horizont hinübergleiten ließ, — bekam sie eine wahre Angst, so klein kam sie sich angesichts des unermesslichen Raumes vor und so tief kränkte dieser Anblick ihren Frauenhochmut.

Jeanne selber verhielt sich nicht gleichgültig gegen dergleichen Erinnerungen, die ihr Paris wieder vor die Seele zauberten. Sie blieb dann in dem großen Saal der Villa sitzen, fragte den Gast aus, kehrte auch ihre skeptisch satirische Laune wieder hervor und vergaß den Tag über die Lindigkeit der Luft, die heitere Himmelsbläue, die Lieblichkeit der Gewässer. Kurz, sie streifte dann den Wildfang ab und wurde wieder die hochmütige Schönheit, die Daniel so viel Sorge machte.

Daniel flüchtete sich an solchen Tagen in das kleine Zimmer, das er sich im ersten Stock, über einer Art Taubenschlag, ausgewählt hatte. Hier arbeitete er, um seinen Kummer zu betäuben, an dem Buch des Abgeordneten oder er ruderte nach einer Insel hinüber und wartete dort, im hohen Grase gelagert, bis der Besuch ihm wieder seine liebe Tochter wiedergeben würde. Für den sanften, schlichten Mann war es eine unsägliche Lust, so in der freien Natur zu leben. Er hatte hier in Le Mesnil-Rouge die Umgebung gefunden, die ihm zusagte, und verlebte jetzt zum ersten Mal köstliche Stunden. Sein bisheriges Dasein hatte er in Kerkern verbracht und so war es ihm nie zum Bewusstsein gekommen, dass er für ein freies Leben geschaffen war. Jetzt zog eine solche Ruhe in sein Herz ein, dass er einer ungeahnten Hoffnungsfreudigkeit Raum gab.

An den Tagen der Langenweile, wenn sich in Le Mesnil-Rouge kein Besuch sehen ließ, gehörte Jeanne ihm.

Zwischen den Beiden war allmählich eine größere Vertraulichkeit entstanden. Das junge Mädchen nämlich sehnte sich schon in den ersten Tagen nach den Inseln hinüber. Sie beschäftigten ihre Fantasie und für ihr Leben gern hätte sie gewusst, was hinter jenen dichten Laubwänden vorging.

Aber der Onkel war ein viel zu steifer Herr, als dass er sich zwischen Dornengestrüpp hätte herumbewegen mögen, und der Tante graute vor den Gebüschen da drüben im Wasser, in denen es gewiss von Schlangen und anderm abscheulichen Getier wimmelte.

Unter diesen Umständen erschien ihr Daniel als ein braver Mann, der ihr einen großen Gefallen erweisen könnte. Sie sah ihn ja Tag für Tag in den Kahn steigen, um in das Dunkel der Laubgewölbe hinüber zu rudern, und so bat sie ihn denn eines Tages ihn begleiten zu dürfen. Dies tat sie in aller Unschuld, bloß um ihre Neugierde befriedigen zu können, ohne einen Augenblick daran zu denken, dass Daniel ein Mann war.

Bei ihm dagegen erregte ihre Bitte einen starken Gemütsaufruhr. Aber diese Unruhe deutete er sich als Freude, und so kam es, dass Jeanne ihn von nun an oft auf seinen Spaziergängen und Wasserfahrten begleitete.

Frau Tellier, für die Daniel nur ein Bedienter war, fand nichts Böses darin, dass Jeanne sich von ihm spazieren fahren ließ. Sie wunderte sich bloß, dass Jeanne so ordinär war, sich drüben auf den Inseln Ihre Unterröcke schmutzig zu machen. Was aber den Abgeordneten betraf, so hatte er großen Respekt vor seinem Sekretär.

Die Beiden überließen sich dem neuen Vergnügen rückhaltlos und ohne an die Folgen zu denken. Sie brachen gewöhnlich gegen Abend auf, etwa eine Stunde vor der Dämmerung. Sobald sie in einen der Flussarme eingefahren waren, hob Daniel die Ruder in die Höhe und ließ den Kahn langsam stromabwärts treiben. Gesprochen wurde nicht. Jeanne lag halb rückwärts gelehnt und träumte oder hörte auf das leise Gemurmel des Wassers, in das sie ihre Fingerspitzen tauchte. So fuhren sie in dem grünen Dämmerlicht der stillen Laubdome dahin. Dann landeten sie auf einer Insel, wo sie vergnügt wie Kinder umherrannten und lärmten. Entdeckten sie eine Lichtung im Gestrüpp, so wurde haltgemacht, um Atem zu schöpfen und kameradschaftlich zu plauschen. Bei diesen Streifereien setzte sich Daniel niemals hin, sondern blieb immer stehen, wenn seine Begleiterin sich niederließ, um auszuruhen. Er hatte sich im Klettern geübt und holte oft Nester herunter. Wenn aber Jeanne Mitleid über die armen Vögelchen kundgab, stieg er wieder auf den Baum und brachte sie auf den höchsten Zweigen in Sicherheit.

Besonders angenehm war immer die Rückkehr. Sie hielten sich so lange wie möglich unter den Laubgewölben auf, wo es inzwischen dunkel geworden war. Die Kühle wurde durchdringend, die Weidenzweige rauschten, indem sie ihre Kleider streiften. Der Fluss glich einem brünierten Stahlspiegel.

Endlich, wenn er die Fahrt nicht noch mehr in die Länge ziehen konnte, bequemte sich Daniel dazu, über die Inseln hinaus zu rudern. Dann sahen sie die Silberfluten der Seine vor sich ausgebreitet. Hier herrschte noch das Tageslicht, ein mattes, schwermütig zartes Licht. Jeanne saß hinten im Kahn und ließ den Blick über die Wasserfläche hingleiten. Der Fluss kam ihr wie ein zweiter Himmel vor, in dem die Bäume mit schärfer umrissenem Schatten eintauchten. Ein erhabner Friede waltete über dem Gefilde; in die tiefe Stille klang, man wusste nicht woher, ein gedämpfter Gesang; der ferne Horizont erweiterte sich, leicht und schwebend wie eine Vision, die sich im Dunkel verflüchtigte.

Das ruhige Leben fand bald in Daniels Gemüt einen Widerhall. Der Friede kehrte auch bei ihm ein und er sah ein, dass er zum Moralprediger nicht taugte, dass er weiter nichts verstand, als Liebe zu empfinden. Erinnerte er sich jetzt des verwünschten Winters, wo er eine so lächerliche Rolle gespielt hatte, so ergriff ihn eine wahre Beklemmung. Wie glücklich war er doch, seitdem er sich der Zuneigung, die er für Jeanne hegte, voller Hoffnungsfreudigkeit und Seelenruhe hingegeben hatte!

So kam es, dass er weder an die Vergangenheit, noch an die Zukunft dachte. Es genügte ihm, wenn er Jeanne im Walde herumtrippeln sah, wenn sie Gefallen fand an der lieblichen Einsamkeit der Inseln, wenn sie ihm Freundschaft bezeigte. Seiner Ansicht nach war alles in Ordnung, namentlich lebte er des Glaubens, dass das junge Mädchen das frivole aufregende Gesellschaftsleben vergessen habe. Hatte doch der Aufenthalt in der freien Natur ihn selber verjüngt und lebte er doch gleichsam in einer Umgebung, wo er nur Raum sah für seine Entfaltung aller sanfteren, zarteren Gefühle.

Er verlebte also die ganze schöne Jahreszeit in einer unerschütterlichen Sorglosigkeit. Kein Wort des Vorwurfs, kein strafender Blick! Alles, was Jeanne tat, war wohl getan, und hatte sie einmal böse Anwandlungen, so gebrach es ihm nicht an Entschuldigungsgründen. Ja, das bloße Erscheinen des jungen Mädchens versetzte ihn in Ekstasen, die ihm allen Sinn für die Wirklichkeit nahmen.

Wenn sie in seinem Kahn mit ihm dahin fuhr, durchdrang ein süßes Wohlgefühl sein ganzes Sein. Er freute sich jeden Tag mehr auf die Wasserfahrt und unternahm immer weitere Ausflüge, um länger in ihrer Nähe zu weilen. Jetzt fand er sie so schön und so gut, dass er bitter bereute, sie gequält zu haben. In Zukunft wollte er sie nie wieder schelten.

So verging ihm der Sommer in ungetrübter Hoffnungsseligkeit. Er war nicht ein einziges Mal aus seiner Rolle als unermüdlicher und vorsichtiger Führer gefallen, und sie hatte ihn sich als Spielkameraden gefallen lassen; dessen Gutmütigkeit sie mit der Tyrannei eines Kindes missbrauchte.

Am vorletzten Tage vor der Abreise nach Paris fühlten Daniel und Jeanne sich gedrungen, den Inseln Lebewohl zu sagen. Sie fuhren zusammen hinüber und verweilten lange auf dem Wasser. Der Herbst war ins Land gekommen, gelbe Blätter trieben langsam den Strom hinab, und der Wind rauschte wehmütig in den Baumkronen.

Die Fahrt verlief monoton. Es war beinah kalt. Das junge Mädchen hüllte sich dicht in ihr Umschlagetuch; sie redete nicht, sah das entfärbte Laub an und fand es unschön. Der immer vertrauensselige Daniel dagegen überließ sich dem Reiz dieses letzten Ausflugs und dachte nicht ein einziges Mal an die Gefahren, die Paris für ihn bereithielt.

Als sie aus dem Insellabyrinth herausruderten, bemerkten sie von ferne drei Personen am Ufer, die sie erwarteten. Eine von ihnen erkannten sie an dem ungeheuren Umfang des Fleckes, den sie auf dem grünen Rasen bezeichnete, als Herrn Tellier. Die beiden Andern mussten Gäste sein, deren Identität sie vergebens zu erraten versuchten.

Während er aber auf sie zusteuerte, überkam Daniel eine große Unruhe. Er erkannte die fremden Herren und konnte nicht begreifen, weswegen sie sich nach Le Mesnil-Rouge verirrt hatten.

»Ei der Tausend!« rief jetzt auch Jeanne, »das ist ja Herr Lorin und mein Vater!«

Am Ufer angelangt, hüpfte sie hurtig aus dem Kahn, umarmte von Rionne und lenkte ihre Schritte auf die

Villa zu, in Begleitung Lorin's der ihr von Paris so viel Amüsantes zu berichten wusste, dass sie aus dem Lachen nicht herauskam.

Daniel blieb allein am Ufer zurück. Er war tief betrübt, da er sah, dass es mit seinem Glück vorbei war.

Nach dem Abendessen trat Lorin vor ihn hin und bemerkte mit höhnischer Überlegenheit: »Wie Sie zu rudern verstehen, lieber Freund! Alle Wetter! Solche Kraft in den Armen hätte ich Ihnen nicht zugetraut. Übrigens danke ich Ihnen, dass Sie Jeanne die ganze Zeit über spazieren gefahren haben.«

Daniel sah ihn verwundert an und schien nicht übel Lust zu haben, den Dank abzulehnen.

»Nämlich«, fuhr Lorin erklärend fort, »ich begehe wirklich die Torheit, von der ich damals mit Ihnen sprach.«

»Welche Torheit?« fragte Daniel gepresst.

»Eine ganz gehörige, gar nicht zu rechtfertigende Torheit! Sie besitzt keinen Heller und wird auf mein Vermögen verteufelt anbeißen ... Ich heirate Jeanne.«

Daniel sah ihn wie entgeistert an und begab sich, ohne ein Wort der Erwiderung gefunden zu haben, auf sein Zimmer.

XI.

Lorin zerbrach sich seit zehn Monaten den Kopf über die heikle Frage, ob er um Jeanne's Hand anhalten solle. So machte es der kluge Mann immer, wenn er eine große Dummheit vorhatte.

Nicht als ob er besonders verliebt gewesen wäre. Das junge Mädchen hatte ihn mit ihrer stolzen Anmut und ihrer amüsanten Satire geblendet und berauscht. Er dachte, eine solche Frau zu besitzen werde ihm Ehre machen, abgesehen davon, dass sie ihm die Pforten der vornehmsten Salons weit öffnen würde. Er malte sich aus, wie er mit ihr am Arme überall empfangen werden würde, und diese Vorstellung kitzelte seine Eitelkeit mächtig. So kam es also, dass er sie mit egoistischem Verlangen liebte, ohne dass sein Herz dabei mitsprach. Aber er machte sich nie Illusionen darüber, dass der Spaß ihm viel Geld kosten würde, und deshalb sträubte er sich lange. Allmählich jedoch fing er an auszurechnen, wie viel Geld er bei dem Handel würde anlegen müssen. Er zog auch die Kleinigkeiten in Betracht und beschrieb ein ganzes Blatt mit Additions- und Multiplikationsexempeln. Die Rechnung ergab ein Fazit, das ihn mit Grauen erfüllte.

Nach einer Weile begann er wieder zu rechnen, indem er verschiedene Posten strich und andre herabminderte. Er überzeugte sich nun, dass Jeanne ihm zwar noch immer sehr teuer kommen würde, die Sache aber doch zu machen sei. Gleichwohl schwanke er nun noch über vier Wochen lang. Vielleicht täte er doch besser, er nähme sich eine Frau, die ihm Geld einbrachte, statt ihm seinen Geldbeutel zu erleichtern.

Die Liebe, die auf Eitelkeit gegründet ist, lässt sich ebenso wenig von ihrem Ziel abbringen, wie diejenige, die dem Herzen entstammt. Lorins Widerstand ließ allmählich nach und um sich vor sich selber zu entschuldigen, meinte er, ein so reicher Mann wie er dürfe sich wohl eine Laune genehmigen. Eine Dummheit wäre es ja; aber während er noch über seine Schwäche spottete, ging er auch schon zu Herrn von Rionne.

Er wusste, dass der Mann ruiniert war.

»Mein Herr«, erklärte er, »ich komme in einer wichtigen Angelegenheit und hoffe, dass Sie meine Bitte gut aufnehmen werden.«

Von Rionne glaubte einen Gläubiger zu wittern. Er rückte ihm einen Stuhl hin und sah ihn fragend an.

»Die Sache ist die«, fuhr Lorin fort. »Frau Tellier hat die Güte gehabt mich unter die Zahl ihrer Freunde aufzunehmen, und in ihrem Hause habe ich Fräulein Jeanne von Rionne kennen gelernt. Ich gebe mir die Ehre, um die Hand der jungen Dame anzuhalten.«

Der Vater, der nie daran dachte, dass seine Tochter schon im heiratsfähigen Alter stand, war so überrascht, dass er nicht gleich eine Antwort fand. Dieses Stillschweigen machte sich Lorin zunutze, indem er angab, wer er sei und wie hoch sich sein Vermögen belaufe. Während dieser Auseinandersetzung erhellte sich von Rionne's Gesicht und wurde seine Haltung eine ausgesucht höfliche, verbindliche: Statt dass man ihm Geld abforderte, brachte man ihm vielleicht welches zu.

Es währte also nicht lange, so waren die Herren in einem vertraulichen Gespräch begriffen. Von Rionne war so gut wie bettelarm. Was nicht beim Spiel draufgegangen war, hatte Julia verschlungen. Der Kredit war versiegt, die Gläubiger mahnten ungestüm, und er musste schon große Anstrengungen machen, Kniffe und Listen gebrauchen, um nicht sofort in den Abgrund zu stürzen. Schon stand er vor der Frage, wo er wohl ein Obdach finden würde, sobald sein Mietskontrakt abgelaufen wäre. Denn sich an seine Schwester zu wenden wagte er nicht: die praktisch gesinnte Frau hatte ihn sehr geringschätzig behandelt.

Der Stolz hatte ihn lange aufrecht erhalten, bis ihm etwas widerfuhr, das ihm die letzten Illusionen raubte und seinen Mut brach. Sein Kammerdiener Louis war ihm treu geblieben, solange er in den Taschen seines Herrn noch etwas Stehlbares fand. Als aber in besagten Taschen der Dalles sich allzu breitmachte, hatte sich der treue Diener eines schönen Morgens gedrückt, um sich zur Ruhe zu setzen. Nun ward es kund und offenbar, warum der steife, kühle Mann immer so gelächelt hatte: Die bescheidene, präzise Maschine hatte sich ganz einfach über die Goldstücke gefreut, die sie sich einverleibte. Aber in dieser Welt, so behaupten die Moralisten, soll jede böse Tat ihre Strafe erhalten. Im vorliegenden Falle bewahrheitete sich dies allerdings doppelt. Denn Louis, der das Stehlen nicht mehr lassen konnte, beging die Dummheit, seinem Herrn Julia zu stehlen und von Rionne wurde, als er eines Tages seine Geliebte wieder aufsuchen wollte, von seinem ehemaligen Kammerdiener an die Luft gesetzt.

So weit war es also mit ihm gekommen, als Lorin bei ihm um die Hand Jeanne's anhielt. Es war ihm bis jetzt noch gar nicht in den Sinn gekommen, dass er aus seiner Tochter Nutzen ziehen konnte und der Antrag des jungen Mannes eröffnete ihm also eine ungeahnte Perspektive. Die Zuflucht, die er überall suchte, war gefunden! Ob es ihm nicht gelingen sollte, dem Pärchen eine Jahresrente abzuknöpfen, die ihm erlauben würde, ein behagliches, nicht allzu langweiliges Dasein zu führen bis an sein seliges Ende?

Er spielte also seine Vaterrolle mit großer Würde und hütete sich, dem Freier allzu eifrig entgegen zu kommen oder ihn durch zu große Kälte und Gleichgültigkeit zu entmutigen. In Wirklichkeit fürchtete er, es würde aus der Heirat nichts werden. Aber als Lorin ihm die Versicherung gab, Jeanne liebe ihn, beruhigte sich von Rionne und zeigte sich gemütlicher, mitteilsamer. Er sprach jetzt von seiner Tochter mit wahrhaft väterlicher Rührung und versicherte, nichts liege ihm mehr am Herzen, als ihr Glück.

Es wurde mithin verabredet, dass sie sich schon am nächsten Tage nach Le Mesnil-Rouge begeben wollten; es sollte alles Nötige besprochen und abgemacht werden, noch ehe Jeanne nach Paris zurückkäme. Denn auch Lorin war es nicht unlieb, wenn die Sache mit Eile betrieben wurde; er schwankte nämlich noch immer und wollte eine vollendete Tatsache schaffen, um die Dummheit nicht wieder rückgängig machen zu können.

Demgemäß eröffneten die beiden Herren den Zweck ihrer Reise sofort bei ihrer Ankunft und auch das junge Mädchen wurde gleich nach ihrer Meinung gefragt.

Daniel tat die Nacht kein Auge zu. Die Gedanken jagten sich in seinem Hirn und stießen aufeinander, ohne dass er zu einer festen Ansicht zu gelangen vermochte.

Manchmal redete er sich ein, Lorin lüge, Jeanne würde den Antrag nicht annehmen; dann überfiel ihn wieder eine entsetzliche Angst und überkam ihn der Gedanke, dass die Heirat eigentlich doch möglich sei. Am meisten aber peinigte ihn ein körperliches Weh, das mit grimmiger Flamme seine Brust durchtobte. Wenn er in Gedanken Jeanne und Lorin nebeneinander einherschreiten sah, packte ihn eine wilde Wut.

Als der Tag anbrach, zwang, er sich, die Sache mit mehr Ruhe zu betrachten. Wozu bloß auf Lorins Worte hin sich so verzweifelt und wütend gebärden? Vielleicht war noch nichts entschieden. Jedenfalls musste er sich erst näher erkundigen. Mit diesem Entschlusse ging er hinunter, um die Gesichter zu studieren und sich danach ein Urteil zu bilden.

Tellier sah so aus wie alle Tage, ebenso nichtssagend und gedankenarm. Von Rionne schien seelenvergnügt und zeigte sich sehr aufmerksam gegen seine Tochter; war sie doch für ihn ein kostbares Gut, dessen Verlust er für ein großes Unglück gehalten hätte.

Was Frau Tellier betraf, so trug sie eine nervöse Heiterkeit zur Schau. Auch sie schien die Nacht schlaflos verbracht zu haben. Lorins Heiratsgesuch war natürlich nicht nach ihrem Geschmack gewesen und es hatte ihr nicht wenig Überwindung gekostet, um nicht einen Skandal hervorzurufen. Schließlich hatte sie ihren Ärger damit zu beschwichtigen versucht, dass sie sich sagte, Jeanne werde ihr als Nebenbuhlerin zu gefährlich, und sie täte daher gut daran, sich ihrer so bald als möglich zu entledigen. Das kostete ihr freilich einen guten Freund, aber es war besser, sie brachte dieses Opfer, als dass sie das junge Ding, das mit seiner Lachlust alle Männer an sich zog, länger um sich behielt. Mit diesem Trost suchte sie sich zu helfen, aber sie war außer sich.

Lorin machte seiner Schönen den Hof und zwar mit vielem Geschick, da sein Herz frei war. Auch war er sich ja des Wertes bewusst, den er in den Augen der Andern hatte, und machte sich deshalb keines lächerlichen Übereifers schuldig.

Aber am sorgsamsten beobachtete Daniel Jeannes Gesicht. Das junge Mädchen war wieder die ehemalige Salondame geworden und gab sich zwanglos der Freude hin, die junge Damen bei der Liebeswerbung eines Mannes empfinden. Bezeigte sie auch keine zu lebhafte Genugtuung, so schien sie doch entzückt über Lorins Huldigungen und sprach von Paris in den Redewendungen eines Schulmädchens, das sich auf einen Ball freut.

Nun sah Daniel ein, dass er zu schlaff gewesen war, dass er sich in dem ländlichen Schlaraffenleben zu sehr hatte gehen lassen. Er hätte ihr während der langen Kahnfahrten, wo sie der Welt so weit entrückt waren, sein Geheimnis offenbaren, ihr seine Lebensgeschichte erzählen, die Gefühle, die er für sie hegte, erklären sollen. Diese Gelegenheit war nun versäumt, jetzt drängte sich wieder die Welt zwischen ihn und sie. Für Jeanne waren die Ausflüge, das Leben auf dem Lande nur ein kindliches Vergnügen gewesen, von dem sie sich sofort abwendete, als sich ihr etwas Andres bot, und so hatte Lorins Erscheinen genügt, ihr schlechteres Ich wieder zu erwecken. Er schien ihr ein ganz netter Mensch zu sein, zwar etwas dumm und eingebildet, aber erträglich im Umgang. Als er ihr seinen Antrag machte, — den sie erwartet hatte — nahm sie ihn ohne viel Besinnen an, denn für sie bedeutete die Ehe nur ein Mittel, sich einen eignen Empfangssalon zu verschaffen.

Daniel merkte, was in dem jungen Kopfe vorging, und beschloss voller Ärger, diese Heirat nicht zustande kommen zu lassen. Diese Regung war eine Empörung seines Herzens gegen seine Vernunft. Er vergaß ganz seine eigentliche Lebensaufgabe und bemühte sich nicht mehr, einzig und allein dem Wunsche seiner Wohltäterin zu gehorchen; sein ganzes Sein trieb ihn vielmehr dazu, Jeanne Lorins Armen zu entreißen.

Nach einem langen, qualvoll zugebrachten Tage trat er am Abend plötzlich vor das junge Mädchen hin, als sie am Flusse spazieren ging, und fragte sie:

»Sie wollen heiraten?«

»Ja!« antwortete sie, erstaunt über den Ausdruck, der aus dem Ton seiner Stimme heraus klang. »Kennen Sie auch Herrn Lorin gut?«

»Nun, ich habe seine Bekanntschaft schon vor zwölf Jahren gemacht und muss sagen, dass ich keine Achtung vor ihm habe.«

Jeanne warf hochmütig den Kopf empor und wollte etwas erwidern. Aber er fiel ihr heftig ins Wort:

»Reden Sie nicht! Sagen Sie nichts! Glauben Sie mir, diese Heirat ist nicht möglich. Ich will nicht, dass Sie den Mann heiraten.«

Er sprach in gebieterischem Tone, wie ein erzürnter Vater, der unbedingten Gehorsam verlangt. Jeanne aber sah ihn nur mit verächtlichem Staunen an.

Einen Augenblick durchfuhr Daniels Geist der Gedanke, er solle ihr alles sagen und im Namen ihrer Mutter zu ihr sprechen. Dann aber besann er sich eines andern, hielt er es für geraten, die Eröffnung aufzuschieben und redete in einem weniger harten Tone:

»Bitte, überlegen Sie sich die Sache und bringen Sie mich nicht zur Verzweiflung.«

Jeanne lachte ihm ins Gesicht. Die sonderbare Keckheit des Sekretärs entwaffnete ihren Zorn.

»Sagen Sie mal, Herr Daniel«, fragte sie, »sind Sie etwa in mich verliebt?«

Gleich darauf aber lenkte sie ein, indem sie an die vielen Liebenswürdigkeiten dachte, die der arme Kerl ihr erwiesen hatte:

»Keine Torheiten, lieber Kamerad. Wir dürfen uns doch nicht erzürnen, wir müssen doch als gute Freunde auseinandergehn.«

Als sie davon gegangen war, blieb Daniel wie angedonnert stehen und wiederholte mechanisch ihre Frage: »Sind Sie etwa in mich verliebt?« Aber er hörte nicht, was er da sagte, so heftig brauste es auf einmal in seinem Kopfe. Nach einer Weile kam plötzlich wieder Leben in ihn, er rannte nach dem Park hin und stammelte:

»Sie hats gesagt! Ja ja, ich liebe sie.«

Es brannte ihm in der Brust, er taumelte wie ein Betrunkener. Ein kalter Sprühregen fiel herab, und so ging er stöhnend und seufzend, hinein in die finstre Nacht, mit dem klaren Bewusstsein seines wahren Seelenzustandes.

Ja wohl, er liebte Jeanne. Er, der Elende; das gestand er sich mit tiefstem Schmerze. Ja ja, er hatte sich selbst belogen; seine Selbstaufopferung und Treue war in Wirklichkeit nur Liebe; er warnte und hütete das junge Mädchen vor Lorin, nur um sie für sich selber zu behalten. Bei diesem Gedanken überwältigte ihn die Scham, begriff er, dass ihm der Mut und die Kraft fehlen würde, den Kampf fortzusetzen.

Was war er ihr denn? Nicht einmal ein Freund! Mit welchem Recht mischte er sich in die Angelegenheiten dieser Familie und wie würde man seine Befehle aufnehmen? Gegen seine Ohnmacht, seine Armut konnte er doch nun einmal nicht aufkommen. Gesetzt, er würde sagen, dass Lorin kein rechtschaffener Mann sei; so konnte er keine Beweise für seine Behauptung erbringen. Erzählte er, was für einen Auftrag er von Frau von Rionne erhalten hatte, so erklärte man ihn für verrückt, setzte ihm den Stuhl vor die Tür und spottete: »Nicht doch, lieber Freund, Sie sind verliebt!

Worin man Recht gehabt hätte. Ja wohl, er hatte Jeanne sogar schon geliebt, als sie noch ein Kind war. Das wurde er jetzt inne. Schon damals, als er noch in der Impasse Saint Dominique d'Enfer wohnte, war die Vision des lieben Kindes seine Geliebte gewesen. Späterhin hatte er das junge Mädchen vergöttert, war er ihr mit bösartiger Eifersucht auf Schritt und Tritt gefolgt, aus Furcht, ihr Herz möchte ihm gestohlen werden.

Dann ging er im Geiste die Ausflüge nach den Inseln durch und gab sich Rechenschaft über den wahren Grund der ruhigeren Gemütsstimmung, die ihn während der ganzen Zeit beherrscht hatte. Wie glücklich hatte er sich gefühlt, bloß weil er seinen Seelenzustand nicht kannte! Wie wohl war ihm gewesen, da er als Vater über die Geliebte zu wachen glaubte. Jetzt wusste er Bescheid; jetzt quälten ihn Gewissensbisse und nagte die Liebesleidenschaft an seinem Herzen.

Er warf sich auf den Boden hin, ohne des Regens zu achten, der ihn durchkältete. Durch seine Seelenpein, durch die Schimpfreden, die er an sich selber richtete, durch das Schamgefühl, das ihn niederdrückte, zog sich unausgesetzt der grausame, fürchterliche Gedanke hin, dass Jeanne einem Andern gehören würde. Vergebens wollte er dies Bild aus seiner Seele bannen, sein Verlangen nach ihr ertöten, vergebens rief er die Erinnerung an seine gute Heilige wach: Jeanne und Lorin schwebten ihm immer vor Augen, verhöhnten seinen Schmerz mit ihrem jugendlichen Lächeln. Da drohte ihm der Kopf zu bersten, da wurde es ihm rot vor den Augen. Auf diese Weise brachte er einen Teil der Nacht hin, bis die Raserei nachließ, um einer allgemeinen Dumpfheit Platz zu machen. Am Morgen stieg die Überzeugung in ihm auf, dass er bei den Telliers nichts mehr zu suchen habe, dass es mit dem Kampf zu Ende, dass er unterlegen sei. Er fügte sich feige in die herbe Tatsache und sehnte sich nur nach Ruhe. Er reiste auch wirklich allein ab und kam in Paris einige Stunden vor den andern Gästen von Le Mesnil-Rouge an.

Hier begab er sich sofort zu Georg, der sich aller Fragen enthielt, und lebte, wohnte, an Leib und Seele gebrochen, mehrere Monate bei ihm. Nur ein einziges Mal ging er nach der Rue d'Amsterdam, um von dem Abgeordneten Abschied zu nehmen. Im Grunde genommen trieb ihn ein unwiderstehlicher Wunsch, den er sich nicht eingestehen mochte, nach jenem Hause: Er empfand nämlich das Bedürfnis, den Hochzeitstag genau zu erkunden; er konnte die Ungewissheit nicht länger ertragen. Als er indes seine Neugierde befriedigt hatte, härmte er sich noch mehr. Er zählte nun die Tage, und jede Stunde, die ihn dem Unglücksdatum näher brachte lastete mit immer schwererem Druck auf ihm.

Er hatte sich fest vorgenommen, der Feierlichkeit nicht beizuwohnen. Aber am Abend vor dem schrecklichen Tage packte ihn ein Fieber, das ihn wider seinen Willen nach der Kirche trieb. Hier kämpfte er, hinter einem Pfeiler versteckt, sozusagen einen Todeskampf, so fürchterlich jagten sich allerhand Schreckbilder in seinem überreizten Hirn herum.

Als er nach Hause kam, glaubte Georg, er sei betrunken, und brachte ihn wie einen kleinen Knaben zu Bette.

Aber am nächsten Morgen stand Daniel trotz des Fiebers auf und erklärte, er werde Paris verlassen und an die See, nach Saint-Henri, zurückkehren, wo er angesichts des weiten Horizonts so still und ruhig gelebt hatte. Vergebens widersetzte sich Georg diesem Vorhaben, da er ihn für zu schwach hielt; Daniel beharrte hartnäckig bei seinem Entschlusse und nun bat ihn Georg inständigst um die Erlaubnis, ihn wenigstens begleiten zu dürfen. Daniel wies auch diesen Vorschlag und jeden Trost ärgerlich zurück. Er sehnte sich nur nach Einsamkeit. Er reiste also, ohne dem trostlosen Freunde irgendeine Aufklärung gegeben zu haben.

Als er die blauen Fluten des unermesslichen Meeres vor sich liegen sah, wurde ihm ruhiger zumute; nur eine tiefe Traurigkeit blieb zurück. Er mietete sich ein Zimmer, dessen Fenster auf die See hinausging, und lebte hier ein Jahr lang untätig, ohne Langeweile zu empfinden und sich Sorgen darum zu machen, dass seine geringen Ersparnisse bedenklich zusammenschmolzen.

Oft verharrte er vom Morgen bis zum Abend unbeweglich angesichts des Meeres, dessen Wogen gleichsam einen Widerhall in seiner Brust fanden und seine Gedanken einlullten. Er setzte sich gern auf einen Felsgipfel, den Rücken den Lebenden zugekehrt, und vertiefte sich in die Unendlichkeit, bis das Getöse der Wogen sein Erinnerungsvermögen eingeschläfert hatte und er sich dem Glück der Ekstase hingeben, mit offnen Augen schlafen konnte. Wenn er sich in diesem Zustande befand, unterlag er einer eigentümlichen Sinnestäuschung. Er glaubte, der Spielball der Fluten zu sein, bildete sich ein, das Meer sei bis zu ihm hinaufgestiegen und schaukle ihn sanft auf seinen Wellen.

Diese fortgesetzte Beschaulichkeit, diese Vernichtung seines ganzen Seins brachte endlich dem kranken Herzen Linderung. Die Trauer wich, er umfing Jeanne's Bild nicht mehr mit Liebesgedanken. Die vernarbte Wunde hinterließ nur eine dumpfe Schwere in ihm. Er hielt sich für geheilt.

Nun kehrte allmählich auch der Tätigkeitsdrang zurück. Wenigstens begann er auf dem felsigen Gestade herumzuklettern und so die trägen, steifen Glieder wieder geschmeidig zu machen. Dann wurden alle die Gedanken, in denen sich ehedem sein Geist zu bewegen pflegte, wieder rege. Er schrieb an Georg und fragte, was in Paris jetzt vorgehe; wagte aber nicht, von dem Meere fortzugehen, das ihn so wirksam gegen die Verzweiflung geschützt hatte.

Der neue Lebenssaft, der in ihm emporquoll, ließ ihn endlich keine Ruhe mehr und trieb ihn an, seinen wieder entfachten Mut zu betätigen. Er wollte wieder kämpfen und leiden, lieben und trauern. Nun das Fieber seine Energie nicht mehr abstumpfte, verdross ihn seine Untätigkeit, sehnte er sich in das Leben zurückzutreten, auf die Gefahr hin, abermals zu unterliegen.

Eines Morgens vernahm er in dem traumhaften Zustande, der dem Erwachen vorangeht eine wohlbekannte, matte und ferne Stimme, die zu ihm redete: »Wenn sie einen schlechten Mann heiratet, werden Sie viel Energie zu ihrem Schutze aufbieten müssen. Denn wenn eine Frau sich vereinsamt fühlt, braucht sie sehr viel Willenskraft, um nicht auf Abwege zu geraten. Was also auch geschehen mag, lassen Sie sie nicht im Stich!«

Am nächsten Tage reiste Daniel nach Paris mit dem Vorsatze, seine Aufgabe zu vollenden und beseelt von felsenfestem Mute, von grenzenloser Hoffnungsfreudigkeit.

XII.

In Paris angelangt, begab sich Daniel zu Georg.

»Was?« Du bist's!« rief sein Freund, der ihn nicht erwartet hatte. Er empfing ihn wie einen verlorenen Sohn, mit tausenderlei Freundschaftsbezeigungen und inniger Freude.

Ihn auszufragen wagte er jedoch nicht, aus Furcht von einer baldigen, neuen Trennung hören zu müssen. Aber Daniel beschwichtigte dergleichen Besorgnisse, indem er ihm ankündigte, dass er an dem gemeinschaftlichen Werk mit ihm weiter arbeiten wolle. Das gemütliche Leben, das sie früher geführt hatten, sollte also seinen Fortgang haben.

Während der Rückreise hatte sich Daniel reiflich überlegt, welches Verfahren er behufs Erreichung seines Zieles einschlagen solle. Dass er jetzt die unterbrochene Arbeit wieder aufnehmen wollte, gehörte zu dem Plan, den er sich ausgedacht hatte und der sich wieder auf Jeanne bezog. Er hatte ihr, als er es für nötig hielt, die Wissenschaft und die Zukunft, die ihm winkte, geopfert, war bescheiden und demütig geworden. Jetzt, wo die Umstände sich verändert hatten, durfte er nicht mehr ein simpler Schreiber bleiben, musste er sich zu einer höheren Lebensstellung empor arbeiten, berühmt werden, sich den Zutritt zu den Salons der besseren Gesellschaft erzwingen. Daher die wiedererwachte Liebe zur Arbeit die ihm nur ein Mittel zum Zweck sein sollte.

Georg und er machten sich also mit Feuereifer an's Werk und übersandten bald der Akademie mehrere Abhandlungen, mit denen sie die Aufmerksamkeit der gelehrten Welt auf sich zogen.

Jetzt fand sich auch Daniel bereit, der ehemaligen Anonymität zu entsagen, sodass von nun an sein Name stets mit dem seines schon berühmten Freundes genannt wurde. Endlich gedieh so das große Werk, an dem sie so lange gearbeitet hatten, zum Abschluss und machte gleich bei seiner Veröffentlichung so großes Aufsehen, dass sogar, was bei wissenschaftlichen Werken selten geschieht, in den Salons der höhern Gesellschaft davon gesprochen wurde. Hatte doch Daniel, der die endgültige Abschaffung übernommen, seine ganze Seele hineingelegt.

Nun sie den Gipfel des Ruhmes erklommen hatten, wurden die beiden Gelehrten überall mit besonderer Zuvorkommenheit aufgenommen, ein Erfolg, der auf sie sehr verschieden einwirkte. Georg, der ein seit langer Zeit erstrebtes Ziel endlich erreicht hatte, schwamm in Seligkeit, während Daniel sich den Ruhm nur als etwas Notwendiges gefallen ließ, sich sozusagen nur einer Pflicht unterzog, die ihn innerlich kalt ließ.

Eines Tages nahm ihn Georg zu einer Soiree mit, die eine hochgestellte Persönlichkeit gab. Daniel begleitete ihn, weil eine innere Ahnung ihn dazu trieb.

Die erste Dame, auf die beim Eintritt in den Salon sein Blick fiel, war Jeanne am Arme Lorins. Er war ihr erst ein- oder zweimal seit seiner Rückkehr begegnet und machte sich Sorgen, weil sie etwas Gedrücktes in ihrem Wesen hatte. Sie lachte nicht mehr so leicht wie früher, scherzte und spottete nicht; das Lächeln ihrer Lippen war matt, die Augenlider dick von den Tränen geworden, die sie heimlich weinte.

Als Lorin seine ehemaligen Freunde gewahr wurde, eilte er raschen Schrittes auf sie zu. Es war ihm sehr lieb, dass er mit ihnen einen vertraulichen Händedruck in Gegenwart so vieler Freunde und Bekannten austauschen konnte.

»Endlich sehe ich Euch mal wieder!« rief er so laut dass man ihn weithin hören musste. »Sagt mal, ist das hübsch, dass Ihr einen alten Kameraden so vernachlässigt?«

Georg sah ihn an und besann sich, ob er lachen oder böse werden sollte. Aber Daniel, der Jeanne betrachtete, kam ihm zuvor und antwortete:

»Wir haben viel zu tun und fürchteten auch, Sie zu belästigen.«

»Na aber!« entgegnete Lorin mit Nachdruck. »Ihr wisst doch, dass Ihr mein Haus als das Eurige betrachten dürft. Also kommt mir nicht mit Entschuldigungen und besucht uns an unserm nächsten Empfangstage. — Sagt mal, ein schweres Geld müsst Ihr jetzt verdienen, nun Ihr so berühmt geworden seid?«

Nun erinnerte er sich auch, dass seine Frau zugegen war, und wandte sich an sie.

»Liebe Frau, ich stelle Dir zwei unserer berühmtesten Gelehrten, die Herren Raimbault und Georg Raymond, vor.«

Jeanne verneigte sich leicht und fügte mit einem Blick auf Daniel:

»Ich hatte schon das Vergnügen.«

»Ach ja, ich entsinne mich jetzt«, rief Lorin mit einem impertinenten Lachen. »Er hat dich oft genug auf der Seine spazieren gefahren. Ja, ja, lieber Daniel, das ist sehr gescheit von Ihnen, dass Sie auf die Leiter des Ruhmes gestiegen sind. Sie taten mir von Herzen leid, als Sie noch Sekretär bei Tellier waren. Sie wissen doch, dass er kürzlich gestorben ist? Die Einen sagen, infolge eines Gehirnschlags, die Andern behaupten, infolge einer verhaltenen Rede. Gestern habe ich auch gehöre, dass seine Frau ins Kloster gehen wollte. So endigen alle Modelöwinnen.«

Jeanne schien unbehaglich zumute zu sein. Die schreiende Stimme ihres Mannes fiel ihr auf die Nerven.

Es zuckte um ihre Lippen, und sie wandte sich ab, als wollte sie sich der Unannehmlichkeit entziehen, einen solchen Mann untergefasst zu halten.

Lorin war nicht mehr der galante Anbeter, der seine Schwerenöterrolle so hübsch gespielt hatte. Nach der Hochzeit brauchte er ja nicht mehr zu gefallen und so war er wieder zu gemeinen Instinkten, zu der Rohheit der Geldmenschen zurückgekehrt. Daniel machte sogar die Beobachtung, dass er sich nicht mehr so elegant kleidete wie früher, und dass seine Stimme etwas heiser klang. Er fand, dass Jeanne zu bedauern war.

»Nun gut!« sagte er. »Wir werden uns die Ehre geben, und zwar recht bald.«

Mit diesen Worten ging er davon und zog Georg mit sich fort, der den Mund nicht aufgetan und fortwährend Jeanne mit sympathischer Bewunderung angeschaut hatte.

Als sie sich einige Schritte entfernt hatten, fragte Georg:

»Du bist also mit Lorins Frau bekannt?«

»Ja wohl«, lautete Daniels kurze Antwort. »Sie ist die Nichte des Abgeordneten, bei dem ich als Sekretär angestellt war.«

»Ich bedaure sie von ganzem Herzen, denn ein so roher Patron wie ihr Mann, kann sie doch nicht glücklich machen. Du gedenkst sie bald wieder zu besuchen?«

»Freilich!«

»Dann komme ich mit. Die arme junge Frau schaute mit ihren großen Augen so traurig drein, dass ich mich tief bewegt davon fühle.«

Daniel lenkte das Gespräch auf ein andres Gebiet, aber auch er war tief bewegt und empfand eine bittere Freude bei dem Gedanken, dass, was seiner Liebe nicht gelungen war, das Unglück jetzt zu bewirken anfange. Er sah ja, dass Jeanne's Gemüt erwacht war, da sie weinen gelernt hatte.

Eine Woche lang fragte Georg jeden Tag:

»Nun, wie ist's? Gehen wir morgen zu Lorin?« Aber Daniels Mut reichte zu dem Besuch nicht aus; hatte er doch das Gefühl, dass ihn dann sein altes Liebesfieber von Neuem befallen würde. Seit der Soiree, wo er ihr wieder begegnet war, schwebte ihm ihr Bild beständig vor Augen und lächelte ihn schmerzlich an. Sein armes Herz pochte wieder stürmischer und tolle Hoffnungen wirbelten ihm im Kopf herum.

Indessen raffte er sich endlich zusammen und eines Abends machte er sich mit Georg auf den Weg. Sie fielen gerade auf einen Empfangstag und fanden den Salon schon voller Gäste, denen Lorin die beiden Gelehrten wie merkwürdige Tiere zeigte.

Diese Soiree brachte Daniel viel Herzeleid. Bestätigten doch die Beobachtungen, die er machte, nur zu sehr seine schlimmsten Vermutungen.

Er fand, dass Jeanne in ihrem ganzen Wesen eine fieberhafte Unruhe bekundete. Die einstige Sorglosigkeit, die jugendliche Leichtfertigkeit, die alle tieferen Gefühle einfach ignorierte, war dahin; schwerer Kummer hatte das Herz zum Leben entfaltet, aber nur, damit es alsbald verbluten sollte. Solange die zarteren Empfindungen in ihr geschlummert hatten, war sie ein kokettes Zierpüppchen gewesen, das mit feiner kalten Satire alle Angriffe auf seine Seelenruhe leicht abschlug. Jetzt aber hatte sich ihr Herz geregt; es verlangte nach Liebe und fand niemanden, den es lieben konnte. Da empörte es sich und machte sich bittere Vorwürfe, weil es zu lange geschlafen hatte.

Jeannes Erwachen war ein sehr grausames gewesen. Zwei oder drei Monate nach ihrer Hochzeit entdeckte sie in sich eine Seele, von der sie bisher nichts gewusst hatte.

Hervorgerufen wurde diese Erkenntnis durch ihren Mann, dessen niedrige, bösartige Denkweise sie anwiderte und ihr die Augen öffnete. Als sie inne wurde, was für ein Mensch er war, empörte sich ihr Stolz, der Stolz, den sie ihrer Mutter verdankte, und wuchs ihr innerer Mensch über den äußerlichen hinaus, den nur die Umstände geschaffen hatten, und nun zerriss der Schleier. Nun verstand sie, was es hieß, für immer an solch einen Mann gebunden zu sein; nun erzitterte sie vor Furcht und Zorn. War sie doch selber Schuld an ihrer trostlosen Lage, hatte sie doch mit ihrem Leichtsinn all das Herzeleid möglich gemacht, dem sie jetzt überantwortet war. Und keine Rettung! Denn jetzt, wo sie einen gebieterischen Drang nach Liebe empfand, konnte sie diesem Drange nicht folgen, weil sie den einzigen Mann, den sie lieben durfte, verachtete.

Als ihr dies klar wurde, jammerte sie laut und verzweifelte am Glück.

Auf derartige Krisen folgten Anwandlungen von moralischer Erschlaffung und Feigheit. Sie glaubte dann, ihre Kraft würde nicht hinreichen, solch ein Leben lange zu ertragen, und fürchtete sich vor der Vereinsamung. Da entspann sich ein Kampf zwiespältiger Gefühle in ihrem Innern. Ihr Pflichtgefühl als Gattin, ihr sittlicher Stolz erhob Einspruch gegen die Forderung des darbenden Herzens, das nach Liebe lechzte und ihr riet, sich in die Arme eines andern Mannes zu flüchten.

Es gab jetzt Tage, wo sie sich darauf berief, dass die Liebe frei sein soll, und dass die Gesetze der Menschen sie nicht bloß auf die hochmütige Gleichgültigkeit ihrer Mädchenzeit verweisen dürften. Aber den nächsten Tag erhob dann wieder die Pflicht ihre Stimme und dann schauderte sie vor der Sünde zurück und nahm ihr Kreuz auf sich als eine gerechte Strafe für ihre ehemalige Verblendung.

Beinahe sechs Monate lang dauerte dieser Kampf, der sie zu zermalmen drohte. Jeden Morgen kam sie, trotz alles Sträubens, dem Abgrund einen Schritt näher. Sie klammerte sich überall an, sie stemmte sich rückwärts; aber der Schwindel packte sie und riss sie fort. Schon war sie nahe daran zu fallen, als Daniel wieder auf ihrem Lebensweg erschien.

Der junge Mann erriet beim ersten Anblick ihrer heißen roten Augen, dass sie große Seelenqualen zu erdulden hatte. Andrerseits bemerkte er bei Lorin die ersten Spuren der Dickleibigkeit und Vertrottelung. Einen Augenblick kam ihm der Gedanke, er solle Streit mit ihm anfangen, sich mit ihm duellieren und ihn über den Haufen stechen, damit seine Frau ihn los würde.

Er hielt diesen Plan nicht fest, sah sich aber veranlasst, sein Inneres zu prüfen, und erkannte darin mit Schrecken, dass die Liebe wieder Gewalt über ihn bekam.

In der Tat verwandte er den ganzen Abend kein Auge von Jeanne, beobachtete mit unsäglichem Wohlgefallen jede ihrer Bewegungen und vergaß darüber alles um sich her. Da bemerkte er, dass Jeanne die Augen fortwährend nach der Tür hinwandte. Offenbar erwartete sie jemand und er hatte bei diesem Gedanken die Empfindung, als fahre ihm ein glühendes Eisen durch die Brust. So viel war ihm klar, dass die junge Frau sich in einem fieberhaften Zustande befand; sie erschauerte oft, jedenfalls war der Entscheidungskampf nahe. Da trat Daniel auf sie zu und knüpfte ein Gespräch über die Billeggiatur in Le Mesnil-Rouge an:

»Entsinnen Sie sich noch jener schönen, milden Abende? Wie angenehm kühl war es unter den Bäumen und eine wie friedliche Stille senkte sich vom Himmel herab!«

Jeanne lächelte bei der Erinnerung an jene friedvolle Zeit.

»Ich bin wieder in Le Mesnil-Rouge gewesen«, sagte sie, »und habe an Sie gedacht. Es war niemand da, der mich nach den Inseln hinüberruderte.«

In demselben Augenblick wandte sie sich wieder rasch nach der Tür hin. Daniel fühlte abermals einen brennenden Schmerz in der Brust; er sah sich um und erblickte einen hochgewachsenen jungen Mann, der auf der Schwelle stand und lächelnd einen klaren Blick in den Salon hineinsandte.

Dieser junge Mann bemerkte Lorin, ging auf ihn zu und begrüßte ihn mit übertriebener Freundlichkeit, unterhielt sich scherzend mit ihm und kam dann auf Jeanne zu. Die junge Frau erbebte.

Daniel trat zurück und musterte den Ankömmling. Es wurde ihm nicht schwer, ein Urteil über ihn zu fällen: Er gehörte zu derselben Klasse von Menschen, wie von Rionne, nur dass er die schiefe Ebene noch nicht hinuntergeglitten war. Offenbar hatte sich Jeanne nur durch die Eleganz und die glatte Beredsamkeit des Taugenichts bestechen lassen.

Die Beiden tauschten einige Höflichkeitsphrasen aus, wobei die junge Frau Unruhe und Ungeduld bezeigte, als wartete sie mit Spannung auf etwas, das er zu ihr sagen sollte. Daniel bedachte nicht, dass er sich schicklicher Weise hätte entfernen sollen, sondern wartete gleichfalls und blickte, Argwohn und Verzweiflung im Herzen, auf Jeanne.

Der junge Mann achtete nicht auf den zudringlichen Dritten, dessen verhaltenen Missmut er nicht einmal bemerkte, und plauderte ruhig weiter, plötzlich aber neigte er sich mitten in einer banalen Rede rasch zu Jeanne nieder und sagte mit gedämpfter Stimme:

»Gnädige Frau, gestatten Sie, dass ich morgen komme?«

Jeanne erblasste und wollte eben antworten, als ihr Blick auf Daniels strengem und verstörtem Gesicht haften blieb. Da erzitterten ihre Lippen; sie fuhr zurück, besann sich eine Weile und ging davon, ohne eine Antwort gegeben zu haben. Der junge Mann aber drehte sich auf den Fersen herum und murmelte:

»Ich sehe schon, die Frucht ist noch nicht reif, ich muss warten.«

Daniel, der alles gehört und verstanden hatte, trat der kalte Schweiß an den Schläfen heraus. Er glich einem Menschen, der soeben einer großen Gefahr entronnen ist und aufatmet, aber sich noch umsieht, ob wirklich nichts mehr zu fürchten ist.

Noch war ihm aber beklommen zumute, und da er frischer Luft bedurfte und in dem schwülen Salon nicht nachdenken konnte, suchte er Georg auf und nötigte ihn, mit ihm auf die Straße hinauszugehen.

Georg willfahrte ihm, aber mit Widerstreben. Es gefiel ihm in dem Hause, in der Nähe der jungen Frau, die mit ihren großen Augen so traurig dreinschaute, dass er sich tief bewegt davon fühlte. Wäre Lorin nicht da gewesen und hätte ihm seine tiefe Bewegung verdorben, so wäre er ganz gern geblieben und hätte Jeanne immerzu angesehen.

»Warum in aller Welt läufst Du so davon?« fragte er seinen Freund auf der Straße.

»Ich kann Lorin nicht leiden«, stotterte Daniel.

»Ich auch nicht, aber ich hätte doch noch gern wissen mögen, warum seine Frau immer so schwermütig, so leidend aussieht. Wir besuchen sie aber öfter, nicht wahr?«

»Ja freilich!«

Sie legten den Heimweg zu Fuß zurück. Georg war nachdenklich und hatte ab und zu unbekannte Empfindungen, die ihm das Blut heiß und schnell ins Gesicht emportrieben, und gleichzeitig hing er lieblichen Träumereien nach, was bei ihm etwas ganz neues war. Daniel ging gesenkten Hauptes und mit schnellen Schritten, um so bald wie möglich allein sein zu können.

Als er in seinem Zimmer angelangt war, setzte er sich nieder und weinte los. Er machte sich Vorwürfe, weil er zu spät gekommen sei. Denn er fühlte wohl, dass Jeanne sich noch nicht vergangen hatte, wusste aber nicht, wie er es anfangen sollte, um der Gefahr sofort und energisch zu begegnen. Es fielen ihm jetzt wieder die Worte ein, die seine Wohltäterin auf dem Sterbebett zu ihm geredet hatte: »Als Mann werden Sie sich einst meiner erinnern und dann werden Sie inne werden, wie furchtbar eine Frau leiden kann. — Ich weiß, wie schwer die Einsamkeit zu ertragen ist und wie viel Energie dazu gehört, um nicht auf Abwege zu geraten.« Und nun war es eingetroffen: Jeanne ermangelte der sittlichen Energie und war im Begriff, Abwege zu betreten.

Daniel hatte schon zu viel gelitten, um sich noch betrügen zu können. Er sah ein, dass die Liebe von Neuem sein Innerstes beherrschte, und nur aus Schamgefühl, aus Feigheit sagte er es nicht laut. In Le Mesnil-Rouge- Rouge hatte er in einer finstern Nacht im kalten Regen einen ähnlichen Anfall gehabt. Damals wollte er in der Raserei der Eifersucht Jeanne vor Lorin retten. Heute strebte er, sie gegen sie selbst zu verteidigen, zu verhindern, dass sie sich einen Liebhaber nahm, und heute litt und stöhnte er so wie damals.

Um sich selber zu täuschen, schützte er die ihm anvertraute Mission vor, behauptete er, eine heilige Pflicht zu erfüllen. Dieses Mal handle es sich um die Ehre der jungen Frau, um ihren Seelenfrieden. Nie sei der Kampf aufregender und entscheidungsvoller gewesen.

Aber schon im nächsten Augenblick lachte er über den Vorwand, tat er sich selber leid, gestand er sich, dass er sich belog und dass die Liebe allein ihn dazu treibe, sich auf diese Weise um Jeanne's Glück zu bekümmern. Er sah die Tiefen seiner Seele nur zu deutlich: Der gewissenhafte Tugendwächter hatte sich in einen leidenschaftlichen Anbeter verwandelt, der nur aus Eifersucht über die Frau wachte, zu deren Hüter er bestellt war.

Dies alles sagte er sich und drückte das Gesicht in die Hände, weinte, schluchzte, sann qualvoll nach, wie er sie, wie er sich retten solle.

Endlich als er weiter keinen Ausweg fand, nahm er einen Bogen Papier und setzte einen Brief an die junge Frau auf. Jetzt trockneten die Tränen, die seine Wangen benetzten, denn das Fieber ging in die Hand über, die eilig über das Papier hinglitt.

Zwei Stunden lang blickte er nicht auf, zwei Stunden brauchte er, um seine Seele zu entlasten. Er ergoss in den Brief den Strom seiner Gefühle ohne Scheu, rückhaltlos, ohne irgendwelche Schranken zu beachten. Alles, alles sagte er, getrieben von der innern Kraft, die ihn mit sich fortriss; er schüttete sein Herz aus, weil er zu ersticken drohte und der Luft bedurfte. Erst als der Sturm in seinem Innern ausgetobt hatte, hielt er inne. Er las den Brief nicht wieder durch und unterschrieb ihn nicht.

Am nächsten Tage ließ er das Schreiben Jeanne zustellen. Was die Wirkung sein würde, wusste er nicht, aber er hoffte.

XIII

Daniels Brief an Jeanne lautete folgendermaßen: »Verzeihen Sie mir, aber ich kann nicht schweigen; ich muss mein Herz ausschütten. Wer diese Zeilen geschrieben hat, werden Sie nie erfahren. Sie enthalten das Geständnis eines Unbekannten, der nicht den Mut hat Sie zu lieben, ohne es Ihnen zu sagen.

Ich verlange nichts, sondern wünsche nur, dass Sie dieses Schreiben lesen, damit Sie wissen, dass es einen Mann gibt, der auf den Knien liegt und weint, wenn Sie weinen. Geteiltes Leid ist leichter zu tragen. Ich, der einsam trauern muss, weiß, wie schwer die Einsamkeit auf wunden Herzen lastet.

Ich bitte nicht um Trost und will mein Elend geduldig weiter tragen; aber ich möchte, dass Sie der hohen Wonne und des süßen Friedens teilhaftig würden, den eine hochsinnige Liebe verleiht.

Deshalb schreibe ich Ihnen, dass ich Sie liebe, dass Sie nicht allein sind und nicht zu verzweifeln brauchen.

Sie kennen nicht die herben Freuden der Verborgenheit. Mir ist, als liebte ich über das Leben hinaus, als gehörten Sie mir, mir ausschließlich, in dem unendlichen Reich der Fantasie. Und niemand dringt in mein Geheimnis ein: Ich verberge meine Liebe wie ein Geizhals seine Schätze; allein liebe ich Sie und allein weiß ich, dass ich Sie liebe.

Sie schienen mir schwermütig, als ich Sie neulich des Abends sah. Aber ach, ich kann nichts tun, Sie glücklich zu machen, und bin Ihnen nichts und darf Sie nicht bitten, mir in meine Traumwelt zu folgen. Steigen Sie höher, und noch immer höher empor; denken Sie, dass Sie mich nicht zu Gesicht bekommen werden, und lieben Sie mich.

Dann werden Sie droben die Welt finden, in der ich lebe.

Ich habe beide Hände auf mein Herz gedrückt, um es zu ersticken; aber es hat nicht aufhören wollen, für Sie zu schlagen. Da bin ich vor Ihnen wie vor einer Heiligen niedergekniet und habe Sie ekstatisch angebetet.

Ich weiß nicht mehr, wozu ich jetzt noch lebe.

Aber ich war dazu geboren, Sie zu lieben, Ihnen meine Liebe zuzuschreiben und statt dessen muss ich schweigen, auf ewig schweigen. O wäre ich doch einer von den Gegenständen, der Ihnen zum täglichen Gebrauch dient, oder nur die Erde, die Ihre Füße treten!

Vernehmen Sie nun, was mir die schwerste Sorge bereitet: Ich weiß, dass Sie sich unglücklich fühlen und dass Sie im Kampfe mit sich selbst liegen. Daher peinigt mich hier in meiner Einsamkeit die Furcht, Sie könnten etwas tun, das meinen ehrfurchtsvollen Glauben an Sie erschüttern könnte. Nicht wahr, Sie verstehen die Qualen eines Menschen, der für die Religion seines Herzens zittert?

Ich lebte droben so glücklich in meiner stummen Anbetung! Es wäre doch schön, wenn wir zusammen dort hinauf stiegen und uns im Schoße des Unendlichen liebten.«

In diesem Tone fuhr Daniel noch lange fort, mit allerlei Wiederholungen. Ein einziger Gedanke erfüllte ihn: Er liebte Jeanne und Jeanne wollte einem Andern gehören! Um diese Idee drehte sich sein ganzer Brief, dies sprach er in allen möglichen Wendungen aus, in die er die flehentlichsten Bitten hineinwebte. Es war zugleich ein Glaubens- und ein Liebesbekenntnis.

Jeanne hatte oft parfümierte Billetchen bekommen, in denen dieser oder jener Herr sich ihr zu Füßen legte. Diese Erklärungen, über die Sie nicht einmal mehr lachte, warf Sie gewöhnlich in den Papierkorb, ohne Sie zu Ende zu lesen. Daniels Brief erhielt sie früh des Morgens, kurz nach dem Erwachen aus dem Schlafe, in jener trüben Stunde, wo die Leidbedrückten vor dem Tageslicht erschrecken und sich sagen, dass ihr Elend jetzt für einen ganzen Tag von Neuem beginnt. Die junge Frau empfand daher eine tiefe Rührung, als sie die ersten Zeilen las. Das Papier zitterte in ihren Händen und Tränen feuchteten ihre Augen.

Sie gab sich keine Rechenschaft über das Gefühl der Linderung und Beschwichtigung, das ihr ganzes Sein durchdrang, und las entzückt den Brief zu Ende, ohne zu fragen, ob sie recht oder unrecht daran täte.

Denn dieser Brief lebte, so zu sagen, in ihren Händen. Er redete zu ihr die Sprache der Leidenschaft, er offenbarte ihr die wahre, die ganze Liebe. Jeanne las nicht, sie glaubte den unbekannten Anbeter zu hören, seine Klagen und flehentlichen Bitten zu vernehmen. Das Papier, das sie in der Hand hielt, war für sie mit Blut und Tränen benetzt und sie fühlte ein Herz schlagen in jedem Satze, in jedem Worte.

Ein Schauer der Erregung floss durch ihre Brust hin, und ihr Geist eilte in weite Ferne, um dem an ihn ergangenen Rufe zu folgen. Sie schwang sich in die Friedenswelt empor, aus der Daniels Stimme zu ihr herübertönte. Und während sie so emporstieg, läuterte sie sich durch die Religion der übermenschlichen Liebe und Hingebung.

Da schämte sie sich ihrer Schwachheiten und beschloss die Einsamkeit, in der sie nicht mehr allein war, über sich ergehen zu lassen. Ein edles Begeisterungsfieber bemächtigte sich ihrer und ihr war, als umfächle sie lind und kosend ein Freundeshauch. Von nun an begleitete ein Geist den ihrigen und stärkte sie gegen Anfechtungen. Konnte man ihr auch noch Tränen abpressen, so wurden sie doch nicht mehr von ihrem Herzen geweint, denn nun fühlte sie Frieden und Hoffnung in ihrer Brust.

Und unsägliche Freude durchbebte sie bei dem Gedanken, dass sie geliebt wurde, dass ihr Herz nicht mehr an Langeweile sterben würde. Die Welt lag jetzt in weiter Ferne unter ihr und die Männer im schwarzen Frack, die in ihrem Salon verkehrten, kamen ihr da unten in der dunklen Tiefe wie unheimliche Drahtpuppen vor. Sie lebte und webte ganz in ihrer Vision, in dem Gedanken an ihren Verehrer, der fern von ihr sein schweres Leid tragen musste und ihr leidenschaftliche und tröstliche Worte zusandte.

Dieser Verehrer hatte keine körperliche Wesenheit. Sie betrachtete ihn mit ihrer Fantasie, ohne die Umrisse der geliebten Seele zu bestimmen. Für sie war er noch nichts als die Liebe. Er war gekommen als ein Hauch, der sie in die Regionen des Lichts emporhob, und sie ließ sich davontragen, ohne das Verlangen, die Kraft kennenzulernen, die sie in den Himmel versetzte.

Daniel wagte acht lange Tage hindurch nicht, sich bei Lorin blicken zu lassen. Er wiegte sich in tausenderlei Chimären, fürchtete Jeanne rückfällig zu finden und dachte, es würde ihm dann nichts Andres mehr übrig bleiben als der Tod.

Endlich wagte er es doch, zur größten Freude Georgs, der ihn natürlich begleitete. Dieses Mal hatten sie das Glück einen Tag zu treffen, wo Jeanne allein zu Hause war; denn Lorin war wegen dringenden Geschäften, die ihm Sorge bereiteten, nach England verreist. Die junge Frau empfing also die beiden Freunde in einem kleinen, blau gehaltenen Salon, mit unbefangen heiterem Lächeln und liebenswürdigster Herzlichkeit.

Schon bei ihrem ersten Anblick durchdrang unnennbare Freude Daniels Herz. Jeanne erschien ihm umgewandelt, wie verklärt. Sie trug ein weißes Cachemirekleid und empfing die Herren stehend. Auf ihrem Gesicht lag gleichmütige Ruhe; ihre Lippen bebten nicht mehr vor innerer Aufregung; man merkte, dass Friede in ihrem Gemüt herrschte.

Die junge Frau behielt die beiden Freunde lange, verstand es sie in eine behagliche Stimmung zu versetzen, und so entspann sich bald eine gemütliche Plauderei, bei der den Dreien die Zeit rasch verging.

Daniel merkte, dass sein Geheimnis nicht durchschaut worden war, und konnte also die Freude über die Veränderung, die mit Jeanne vorgegangen war, mit voller Gemütsfreiheit auskosten. Er hörte aus der Modulation ihrer Stimme die Liebkosungen heraus, die sie an den unbekannten Freund richtete, sah, wie ihre Augen sanft aufleuchteten, und war grenzenlos entzückt über diese Zeichen der ihm gewidmeten Liebe.

Er nahm sich fest vor, sich damit zu begnügen. Die Wirklichkeit hatte etwas Schreckliches für ihn; bei dem Gedanken, dass er sich zu erkennen geben sollte, schauderte ihn, denn er fürchtete, dass es mit Jeannes Liebe dann aus sein würde.

Aber mehr als diese Gedanken, die weit in die Ferne schweiften, beschäftigte ihn die unmittelbare Gegenwart. Jeanne saß da vor ihm, voller Herzensgüte und Liebenswürdigkeit, von dem herrlichen Traum erfüllt, den er ihr zugesandt hatte, und über ihrer Betrachtung vergaß er alles.

Auch Georg war entzückt. An ihn besonders richtete die junge Frau ihre Rede, denn Daniel verhielt sich ziemlich schweigsam; er fürchtete, wenn er redete, den Faden seines schönen Traumes zu verlieren. Während er also schwieg, fragte Jeanne Georg nach seinen wissenschaftlichen Arbeiten, und so entstand eine lebhafte Sympathie zwischen ihnen. Schließlich musste man sich aber doch trennen. Die beiden Freunde versprachen natürlich, bald wieder zu kommen, und versprachen es gern, denn beide ließen ihr Herz in dem traulichen, lauschigen Salon.

Drei Monate lang schwelgte nun Daniel in lauter Himmelswonnen. Wo er ging und stand, weilte er im Traumland, in hohen, fernen Regionen. Seine Schmerz- und Wutausbrüche kamen nicht wieder; er begehrte nichts mehr und wünschte nur, dass es ihm vergönnt wäre, im Paradiese seiner verborgnen und zufriedenen Liebe ewig bleiben zu dürfen.

Indessen hatte er dem Drange nicht widerstehen können, von Neuem an Jeanne zu schreiben. Seine Briefe atmeten jetzt beruhigte Zärtlichkeit: »Leben wir so weiter«, so lautete ihr Hauptinhalt, »und möge ich für Sie das sein, was der Mensch der Gottheit gegenüber ist, Bitte, Anbetung, Demut und Liebkosung.« Er verwies sie auf den offnen Himmel und warnte sie vor der bösen Erde.

Jeanne gehorchte den Weisungen dieses reinen Geistes, der Liebe zu einer Sterblichen gefasst hatte. Sie nahm ihn zum Hüter an und sah in ihm eine unsichtbare Schutzwehr gegen alle Versuchungen.

Daniel besuchte die junge Frau häufig und fand ein herbes Vergnügen an der absonderlichen Situation, die er sich geschaffen hatte. Nach jedem neuen Schreiben kam er, um auf Jeanne's Gesicht die Empfindungen zu lesen, die es bei ihr erregt hatte.

Er studierte die Fortschritte, die ihre Liebe machte, ohne an das Erwachen zu denken, das dem Traume folgen musste. Sie liebte ihn, sie war voll von ihm und dies genügte ihm. Wenn er sich genannt, wenn er den Schleier gelüftet hätte, so wäre sie vielleicht vor ihm geflohen. Er war also noch immer ein schüchternes Kind von überzarter Gefühlsinnigkeit, das sich vor dem Licht der Öffentlichkeit fürchtete. Die einzige Liebe, die ihm zusagte, war die heimliche Liebe zu Jeanne, bei der er nicht Gefahr lief, an sich selber zu zweifeln.

Jetzt bat er Georg ihn zu Jeanne zu begleiten, denn er getraute sich nicht allein vor sie hinzutreten, weil er sich durch Stottern und Erröten verraten hätte, weil er glaubte, sie würde ihm die Gedanken von der Stirn ablesen. War sein Freund Georg zugegen, so konnte er sich absondern und ihn plaudern lassen, während er seinen Liebesträumen nachging.

Während dieser drei Monate fühlte sich Georg mehr und mehr zu Jeanne hingezogen und schließlich empfand er für sie, so sehr er sich dagegen wehrte, eine so starke Liebe, wie man sie nur bei tiefinnerlichen, ernst angelegten Naturen findet.

Aber er ließ seinen Gemütszustand niemand wissen, nicht einmal Daniel und am wenigsten Jeanne. Hatte er doch die Wahrheit erst dann entdeckt, als es zur Flucht zu spät war. Da hatte er nicht mehr den Mut seiner ersten Liebe zu entsagen und suchte seine Angebetete recht häufig in ihrem blauen Salon auf, ohne sich zu fragen, wie die Sache enden würde. Bisweilen beobachtete er, dass Jeanne ihn prüfend ansah, als wollte sie in die tiefsten Falten seines Herzens eindringen und nach einem verborgenen Gedanken suchen. Wenn er diesen forschenden Blick fühlte, wurde er verwirrt und dann sah er ein feines, bedeutungsvolles Lachen um die Lippen der jungen Frau spielen.

Als eines Tages die beiden Freunde ihr wieder ihre Aufwartung machten, erfuhren sie eine sehr unerwartete Neuigkeit. Lorin war plötzlich in London gestorben. Diese Nachricht machte einen tiefen Eindruck auf die beiden Freunde. Denn sie konnten zwar keine wirkliche Trauer um Lorin empfinden, aber sie bedauerten sehr, dass der kleine, blaue Salon nun für sie geschlossen sein würde. Dieser Todesfall, der die von ihnen beiden geliebte Frau der Freiheit zurückgab, verursachte ihnen mehr Furcht als Hoffnung. War doch jede Veränderung gefährlich für die Gewohnheiten, bei denen ihr Herz sich so glücklich fühlte.

Auch jetzt kam es nicht zu einer gegenseitigen vertraulichen Aussprache zwischen den Beiden. Sie führten ein gemeinsames Leben und doch hatte jetzt jeder sein

Geheimnis und verschob seine Herzensbeichte auf unbestimmte Zeit.

Sie ließen einige Wochen vorübergehen, ehe sie es wagten, Jeanne wieder einen Besuch zu machen. Es kam ihnen vor, als sei nichts verändert. Die junge Witwe war ein wenig blass, empfing sie mit ihrer gewöhnlichen Herzlichkeit und zeigte sich bloß etwas zurückhaltender gegen Georg. An jenem Tage sah sich Daniel gezwungen, das Wort zu führen.

Lorin hatte sich auf gefährliche Spekulationen eingelassen, die missglückt waren, sodass seiner Frau nicht viel übrig blieb, und dies wenige ging ihr auch noch größtenteils verloren durch ihren Vater. Dieser war sehr froh über den Tod seines Schwiegersohnes, der ihn immer sehr knapp gehalten hatte. Mehr als freie Wohnung und Tisch hatte er dem Schmarotzer nie gewährt. Nun Lorin aber tot war, verlangte von Rionne unverfroren Geld von Jeanne, und diese überließ ihm auch den Rest des Vermögens, das sie nicht mochte, weil es von ihrem Manne kam. Sie behielt nur, was sie zum Leben durchaus brauchte.

Daniel, der dies alles erfuhr, schätzte Jeanne darum noch höher. Überhaupt stieg sie jetzt jeden Tag in seiner Achtung und er wünschte sich Glück dazu, dass der Wunsch seiner verstorbenen Wohltäterin in Erfüllung gegangen, dass Jeanne für immer den richtigen Weg eingeschlagen hatte. Dieser Überzeugung verlieh er denn auch Ausdruck in einem neuen Briefe, als ihn eines Tages wieder sein altes Begeisterungsfieber packte.

Am nächsten Tage erhielt er — zu seinem nicht geringen Schrecken — ein Briefchen von Jeanne, worin sie ihn bat, sie zu besuchen. Er brach sofort auf, ohne Georg zu benachrichtigen und rannte wild aufgeregt wie ein Irrsinniger zu Jeanne.

Die junge Frau war aus der großen Wohnung, die sie mit ihrem Manne innegehabt hatte, ausgezogen und wohnte jetzt im zweiten Stock eines ziemlich bescheidenen Hauses. Sie empfing Daniel in einem hellen, dürftig möblierten Zimmerchen.

Er konnte kein Wort hervorbringen, so beklemmt war er; aber Sie bemerkte seine Aufregung nicht, als sie ihn Platz zu nehmen bat.

»Sie sind mein bester, mein einziger Freund, begann Sie mit rührender Vertraulichkeit, und ich bedaure, dass ich Ihre Herzensgüte nicht früher erkannt habe. Verzeihen Sie mir meine Unachtsamkeit?«

Sie ergriff seine Hand, sah ihn mit feuchten Augen an und fuhr denn fort, ohne ihm Zeit zu einer Antwort zu lassen:

»Ich weiß, dass Sie mich gern haben, und möchte Ihnen daher ein Geheimnis anvertrauen und Sie um eine große Gefälligkeit bitten.«

Daniel erblasste und bekam wieder einen Anfall seiner alten hilflosen Blödigkeit, denn er bildete sich ein, die junge Frau wäre hinter sein Geheimnis gekommen und wolle von seinen Briefen sprechen.

»Lassen Sie hören«, stotterte er.

Jeanne errötete, zögerte eine Weile und sagte dann mit fliegender Eile:

»Ich empfange seit einigen Monaten Briefe, deren Verfasser Ihnen nicht unbekannt sein kann. Deshalb wollte ich mich an Sie wenden, um die Wahrheit zu erfahren.«

Daniel war einer Ohnmacht nahe. Eine heiße Blutwelle stieg ihm ins Gesicht.

»Sie antworten nicht«, fuhr die junge Frau fort. »Sie wollen also nicht Ihren Freund verraten. Gut! Dann werde ich reden: die Briefe sind von Herrn Georg Raymond.

Leugnen Sie nicht. Ich weiß alles. Ich habe seine Liebe in seinen Augen gelesen und so viel ich auch herumgeraten habe, ist mir kein Andrer eingefallen, der solche Briefe schreiben könnte.« Sie hielt inne, um sich zu besinnen, wie sie fortfahren sollte. Daniel unterdessen war wie vernichtet und starrte sie regungslos an.

»Ich betrachte Sie als meinen Bruder«, sagte sie langsamer, »und deshalb spreche ich offen mit Ihnen. Ihr Freund hat gestern wieder an mich geschrieben. Er darf das nicht mehr tun, denn Briefe sind jetzt überflüssig. Wie gesagt, ich weiß alles; das Spiel würde gefährlich und lächerlich werden. Sagen Sie also Ihrem Freunde, er solle kommen, und kommen Sie mit.« Was ihr Mund noch nicht gesagt hatte, gestanden ihre Augen: Jeanne liebte Georg.

Daniel, dessen Blut zu Eis erstarrt war, überkam plötzlich eine unheimliche Ruhe. Ihm war zumute, als wäre seine Seele davon gegangen und als fahre der Leib noch fort zu leben. Mit vollständig ruhiger Stimme sprach er mit Jeanne über Georg und versprach er, die gewünschte brüderliche Vermittelung zu übernehmen.

Dann stand er auf der Straße und dann war er zu Hause. Da erwachte das tierische Element in seinem Innern, und es erfolgte ein fürchterlicher Anfall von wahnsinniger Verzweiflung. Daniels Sinne empörten sich endlich, sein Herz wollte nichts von Aufopferung wissen. Er konnte sich nicht darein finden, dass er so beiseitegesetzt werden sollte. Wenn er immer zurückgetreten war, sich immer im Hintergrunde gehalten, sich immer zum Schweigen verurteilt hatte, so schwebte ihm noch immer die Hoffnung auf eine Belohnung vor; so stark, sich wieder aufzuopfern, wieder zu schweigen, fühlte er sich nicht.

Also einer so lächerlichen Selbsttäuschung hatte er sich hingeben können! Er schlug eine höhnische Lache auf, so schämte er sich. Monate lang hatte er sich egoistisch über eine Liebe gefreut, die ihm nicht gehörte, hatte Jeanne angestarrt und siehe da, Jeanne dachte an einen Andern. Er sah sich im Geiste wieder in dem kleinen blauen Salon, wie er ihr Gesicht studierte, ihre zärtlichen Blicke, ihr liebreiches Lächeln auf sich bezog; er erinnerte sich seiner Verzückungen, seiner Hoffnungen seiner grenzenlosen Vertrauensseligkeit.

Eine Lüge, ein grausames Spiel, eine grässliche Täuschung war alles gewesen! Die zärtlichen Blicke, das liebreiche Lächeln galt Georg; ihn liebte Jeanne; durch ihn war sie lieb und gut. »Soviel ich mich auch umgesehen habe, so lauteten ihre Worte, ich habe keinen gefunden, der solche Briefe schreiben und mich so lieben könnte.« Also er, Daniel, existierte nicht; er figurierte bloß als einfacher Statist. Seine Hingebung, seine Liebe machte sich jetzt ein Andrer zunutze; man bestahl ihn und es blieb ihm nichts, gar nichts — als Tränen und Verlassenheit.

Und Jeanne suchte sich noch gar ihn aus, um ihre Liebe zu bekennen, beauftragte ihn, sie einem Andern zuzuführen! Selbst dieses Leid, dieser Hohn blieb ihm nicht erspart. Sie glaubte also, ein so unansehnlicher, so unbedeutender Mensch habe kein Herz. Sie bediente sich seiner wie einer nützlichen Maschine und ahnte nicht, dass solch eine Maschine für eigne Rechnung leben und lieben könnte!

Also sollte er nie lieben dürfen mehr, nie geliebt werden. Denn an Frau von Rionne dachte er nicht im entferntesten.

Er war seiner Rolle überdrüssig. Immer bloß Bruder, nie Geliebter: Um diesen Punkt schwirrten alle seine Gedanken.

Die Krise währte lange. Der Schlag war zu heftig, zu unvermutet gefallen. Nie wäre es Daniel in den Sinn gekommen, dass Georg und Jeanne sich verbünden könnten, ihm solches Weh anzutun. Er hatte niemand anders auf der Welt, den er liebte, als sie, und nun marterten sie ihn so grässlich. Wie glücklich war er noch tags zuvor gewesen! Das verflossene Jahr hatte ihm die einzigen Freuden gebracht, die ihm auf dieser Welt beschieden waren. Und jetzt traf ihn solch ein fürchterlicher Stoß, und die Hände, die ihn in den Abgrund stießen, waren Georg's und Jeanne's Hände!

Ab und zu beruhigte er sich etwas, dann aber schluchzte er wieder los, oder es tauchten grimmige, verbrecherische Gedanken in seinem Hirn auf. Er fragte sich dann, wie er sich rächen sollte. Die wütende Bestie in ihm drehte sich um sich selber und sah sich nach einem Opfer um.

Dann schämte er sich wieder seiner Wut, sank gebrochen zusammen, weinte mildere Tränen. Der Sinnenmensch in ihm schwieg, und er konnte die langsamen, melancholischen Schläge seines Herzens hören, das leise klagte und warten musste, bis das Blut und die Nerven sich ausgetobt hatten.

Nun zog er die Gardine zu, weil das Tageslicht ihm wehtat, und starrte, regungslos, in die Dunkelheit hinein. Die Tränen flossen nicht mehr, die Fieberschauer waren vorbei. Wer vermöchte es zu erklären, was nun in diesem Wesen vorging? Daniel riss sich von dem Menschentum los und schwang sich in den unendlichen und absoluten Himmel der Liebe empor. Droben ermahnte er sich zur höchsten Güte, zur vollkommensten Selbstverleugnung. Ein sanftes Gefühl durchdrang sein ganzes Sein; ihm war, als werde sein irdischer Leib leichter, und als danke ihm seine Seele, dass er sie von ihm befreie. Sein Denken ruhte, er gehorchte dem dunklen Drange, denn er begriff, dass die wahre Liebe in ihm einzog und in ihm ein großes Werk vollbrachte.

Als es vollbracht war, lächelte Daniel wehmütig. Er war allen Torheiten dieser Welt abgestorben. Nun aber das Fleisch überwunden war, fühlte er, dass die Seele bald von hinnen gehen würde.

Allmählich tauchte jetzt auch das Bild Frau von Rionne's wieder vor seinem Geiste auf, und er fühlte sich bereit, den Wunsch der Dahingeschiednen zu erfüllen. Seine durchdringenden und klaren Augen sahen die Tatsachen wie sie waren, und sein Herz trieb ihn, das Opfer zu vollziehen.

Er erhob sich und suchte Georg auf.

Er trat vor ihn hin mit einem herzlichen Lächeln, und seine Hand zitterte nicht, während sie die des Freundes drückte. Nichts regte sich mehr in seinem ertöteten Fleische, er war nur noch Seele.

Es war ihm klar geworden, dass Georg Jeanne leidenschaftlich liebte. Der Schleier war zerrissen, und er verstand jetzt vieles, was er früher nicht beachtet und in seiner Bedeutung erkannt hatte. Deshalb sprach er in dem Tone eines Mannes, der seiner Sache sicher ist, ruhig und liebevoll. Er kam, um selber seine Liebe vollends zu töten.

»Lieber Freund«, begann er, »ich kann Dir jetzt das Geheimnis meines Lebens beichten.«

Er erzählte ihm nun in schlichten Worten die Geschichte seiner Lebensaufgabe, sagte ihm, dass er Jeanne's Vater und Bruder gewesen sei, erinnerte ihn an seine geheimen Sonntagsausflüge, erklärte ihm, weshalb er die Sekretärsstelle bei Tellier angenommen, und warum er sich so gegrämt hatte über Jeanne's Vermählung mit Lorin. Als die Triebfeder aller seiner Handlungen bezeichnete er seine Dankbarkeit gegen Frau von Rionne und stellte sich hin als einen uneigennützigen Wächter, als einen Beschützer, dem alle menschlichen Schwächen fremd waren.

»Heute«, schloss er mit gerührter Fröhlichkeit, »ist meine Mission zu Ende. Ich will jetzt meine Tochter verheiraten, Sie einem Manne geben, der ihrer würdig ist, und dann bleibt mir nichts weiter übrig, als zurückzutreten. Errätst Du, wen ich gewählt habe?«

Georg, der seinem Freund tief bewegt zugehört hatte, erbebte vor Freude.

»Vollende mein Werk«, fuhr Daniel fort. »Mache sie glücklich. Dir vermache ich meine Mission. Du liebst unsre teure Jeanne, also musst Du die Seele der armen Toten beruhigen und trösten. Meine Tochter erwartet Dich.«

Georg warf sich ihm, keines Wortes mächtig, um den Hals. Daniel erschien ihm wirklich als Jeanne's eigentlicher Vater, und er blickte mit Bewunderung und Hochachtung zu ihm empor, denn er ahnte, dass ein übermenschlicher Odem in ihm wehte.

Daniel war erstaunt, dass der Schmerz kein größerer war. Er fand Linderung in seiner erhabnen Lüge. Auch erwähnte er noch die Briefe, die er an Jeanne geschrieben hatte, aber nur in unbestimmten Worten. Sein Herz schwieg ja, und er wollte nicht mehr an die Zeugen seiner Leidenschaft denken, die ihm fast aus dem Gedächtnis entschwunden waren.

Georg, der sich einer wahren Kinderfreude hingab, schöpfte keinen Verdacht. Wie hätte er auch ahnen sollen, dass der Mann, der so liebevoll und so ruhig mit ihm sprach, eben noch fürchterlich gegen ihn gerast hatte!

Nun erzählte er, wie sehr er Jeanne bewunderte und liebte, schwor David, er werde sie glücklich machen, und entwarf ihm eine begeisterte Schilderung all der Freuden, die er mit ihr kosten würde. Er konnte nicht müde werden, immer von Neuem zu beschreiben, wie glücklich er sein werde.

Daniel hörte ihm lächelnd zu, fürchtete aber doch, seine moralische Kraft möchte nicht mehr ausreichen, sich nun noch über das Glück seines Nebenbuhlers zu freuen, und sagte daher, als sie sich ausgesprochen hatten:

»Nun alles erledigt ist, will ich mich ausruhen. Ich kehre nach Saint-Henri zurück.«

Georg erhob lebhaften Einspruch und bat ihn, an seinem Glück wenigstens teilzunehmen. Aber Daniel schüttelte den Kopf:

»Nein, ich würde Euch stören. Verliebte bleiben gern unter sich. Lass mich also ruhig reisen. Ihr könnt ja nachkommen, wenn Ihr Lust habt.«

Er brach in der Tat am nächsten Tage auf. Übrigens war es auch nicht eine Ausrede, dass er der Ruhe bedurfte. Er fühlte eine große Schwäche in der Brust und überhaupt erschlaffte eine allgemeine tödliche Mattigkeit sein ganzes Sein.

XIV

Als Daniel fort war, atmete Georg freier auf, obschon er sich dies nicht eingestehen mochte. War er doch nun allein mit seiner Liebe, allein mit Jeanne; und schien es ihm doch, als wäre er nicht Liebender, sondern zugleich auch Bruder, nun seine Angebetete niemanden mehr hatte, der sie behütete. Er fand ein eigenes zartes Vergnügen darin, sich ihr nicht zu Füßen zu werfen, sondern zögerte zwei Tage, während deren er sich seine erste Anrede an sie zurecht legte und sich den Empfang ausmalte, mit dem sie ihn beglücken würde.

Die Zusammenkunft begann mit lauter Verlegenheit und Glückseligkeit. Sie liebten ja beide zum ersten Mal und waren so verwirrt, dass sie zehn Minuten lang von gleichgültigen Dingen sprachen. Dann erst teilten sie sich mit, was ihr Herz bewegte.

Alle notwendigen Anordnungen wurden schon bei dieser Zusammenkunft besprochen. Jeanne wollte die Trauerzeit erst hinter sich bringen und wünschte, dass die Hochzeit um einige Monate aufgeschoben werden möchte. Georg fügte sich und war auch sehr zufrieden, als die junge Witwe ihm mitteilte, dass sie kein Vermögen habe; er mochte sich nicht mit Lorins Geld bereichern.

Wie fern war doch Daniel von ihren Gedanken! Sie sprachen nur vorübergehend von ihm, wie man von einem abwesenden Freunde spricht, den man vielleicht nie wiedersehen wird. Egoistisch wie alle Glücklichen, dachten sie nur an die Gegenwart und die Zukunft.

Etwa sechs Wochen lang überließen sie sich ihrem Taumel. Sie liebten sich, und das genügte ihnen. Nicht einmal an die Umstände, unter denen sie ihren Liebesbund geschlossen hatten, dachten sie.

Eines Tages indes erinnerte Jeanne Georg plötzlich an die Briefe, die er an sie gerichtet hätte, und weckte so, mitten im göttlichsten Getändel, die Vergangenheit wieder auf, die sie vollständig vergessen hatten.

Bei ihren Fragen wurde Georg beklommen zumute, denn plötzlich richtete sich jetzt Daniels Bild vor ihm auf. Er gab keine Antwort und bereute, seinen Freund nicht über jene Korrespondenz befragt zu haben, über die Jeanne so erregt sprach.

Sie ließ nicht locker, erinnerte ihn an gewisse Redewendungen und zitierte verschiedene Stellen. Da regte sich bei Georg ein Verdacht, und er fragte sie, ob sie die Briefe aufgehoben hätte. Sie lächelte und holte sie ihm.

»Da sind sie. Sie lieben mich jetzt so, dass Sie sich nicht mehr erinnern, wie Sie mich früher geliebt haben. So hören Sie denn!«

Sie las ihm eine längere Stelle vor, die sich durch glühende Überschwänglichkeit auszeichnete. Georg aber sah sie verdutzt an, sodass sie über ihn lachen musste. Da griff er selber nach den Briefen und las sie in fieberhafter Aufregung durch. Nun begriff er. Daniel war geflohen, ohne zu bedenken, dass er greifbare, unwiderlegliche Beweise seiner Liebe und Selbstverleugnung zurückließ. In seinem letzten Verzweiflungsanfall hatte er nur an eins, an Flucht, sofortige Flucht, gedacht.

Jetzt endlich verstand Georg Daniels Charakter und hielt den Schlüssel zu dem ganzen Geheimnis in Händen. Er sagte sich, dass er sich von seinem Freunde nicht allzu sehr übertreffen lassen dürfe, dass auch er Selbstlosigkeit bezeigen müsse. Seine Liebe freilich protestierte gegen diesen Beschluss, aber er gebot ihr Schweigen.

Er ergriff Jeanne's Hand.

»Wir behaupten, dass wir uns lieben und sind doch nur wie Kinder. Mit keinem einzigen Gedanken haben wir an den Mann gedacht, der uns einander geschenkt hat. Er verkommt, fern von uns, vor Gram, während wir in dem Egoismus unsrer Liebe die Süßigkeiten des höchsten Glückes kosten. Ich muss Sie aufklären, Jeanne, denn wir dürfen keine niedrigen Seelen sein. Aus diesen Briefen habe ich die Wahrheit ersehen. Hören Sie Daniels Lebensgeschichte.«

Er erzählte ihr in schlichten Worten, was sein Freund ihm über seine Vergangenheit mitgeteilt hatte, stellte Daniels Hochherzigkeit, Aufopferungs- und Liebesfähigkeit in das rechte Licht, hob hervor, dass sie ihn als den letzten und einzigen Freund ihrer Mutter ehren müsse.

Seine Darstellung machte tiefen Eindruck auf die junge Witwe. Sie weinte und bereute, gegen den treuen

Hüter, der sie vor den größten Gefahren bewahrt hatte, so herb und grausam gewesen zu sein.

Aber mit diesem Geständnis war Georg nicht zufrieden. Er ging jetzt ausführlicher auf die Einzelheiten ein, schilderte die Leiden und Entbehrungen, die der Unglückliche im besten Mannesalter um ihretwillen erduldet hatte, wies nach, wie vollständig er stets und überall seinen Vorteil ihrem Wohl untergeordnet habe, warum er ihr bei Tellier so hartnäckig auf Schritt und Tritt gefolgt sei. Und je ausführlicher er erklärte und erläuterte, desto klarer wurde ihm selber der ganze Zusanmenhang, desto mehr zitterte deine Stimme und feuchteten sich seine Augen.

Zuletzt kam er auf die Briefe zu sprechen. Er gestand, dass er sie nicht verfasst habe, schilderte ihr Daniels Liebe und die Qualen, die sie ihm in ihrer Unwissenheit zugefügt hatten. Als Lohn für die vielen übermenschlichen Opfer, die er gebracht, hatten sie ein noch viel größeres Opfer von ihm gefordert!

Als er ausgeredet hatte, fühlte sich Georg ruhiger. Er richtete den Kopf empor und sah die junge Witwe, die, bebend vor Erregung, sich von ihrem Sitze erhoben hatte.

Sie dachte an ihr letztes Gespräch mit Daniel und war erschrocken darüber, wie grausam sie ihn misshandelt hatte. Das Leben des Unglücklichen lag, wie von einem Blitz beleuchtet, klar vor ihren Augen, und sie empfand grenzenloses Mitleid mit ihm und das Bedürfnis, sich seine Verzeihung zu verdienen.

»Wir dürfen uns eines solchen Mordes nicht schuldig machen«, sagte sie mit hastigen Worten. »Auch wir müssen Opfer zu bringen verstehen. Wie unglücklich würden wir werden, wenn unser Glück so viel Tränen kostete!«

»Was haben Sie vor?« fragte Georg.

»Was Sie an meiner Stelle tun würden. Diktieren Sie mir selber meine Pflicht.«

Georg sah sie voll an und sagte:

»Reisen wir Daniel nach.«

An demselben Abend erhielt er ein Schreiben seines Freundes, das ihm Kummer machte. Es konnte als ein letztes Lebewohl gedeutet werden. Daniel sagte darin, er sei etwas unpässlich, und scherzte, aber nebenbei entschlüpften ihm trotz all seines Mutes beängstigende Klagen. Höchlichst erschrocken beschleunigten Jeanne und Georg ihre Abreise.

Daniel wusste, als er von Paris schied, dass ihm Schmerz und Kummer nichts mehr anhaben konnten. Seine Kräfte schwanden während der Reise mehr und mehr; sogar sein Denken dämmerte ein, und er gab sich freudig der Erstarrung seines geistigen und physischen Ichs hin.

In Saint-Henri angelangt, mietete er das Zimmer, das er früher daselbst bewohnt hatte. Als er zum ersten Male wieder das Fenster aufmachte und auf das Meer hinausblickte, kam es ihm sonderbarerweise sehr klein vor, weil er in sich eine noch ungeheurere Leere verspürte. Er horchte auf das Gebrause der Wellen, und es schien ihm, als ob sie gegen die Klippen mit Donnergebrüll brandeten: Da die Leidenschaft nicht mehr in ihm tobte, musste er wohl die Fluten bei dem Stillschweigen seines Innern desto deutlicher hören.

Er nahm alsbald seine Spaziergänge am Ufer wieder auf; aber das Gehen war ihm schwer, alle Augenblicke ging ihm der Atem aus. Auch hier fand er alles verändert, sodass er manchmal ein fernes, unbekanntes Land zu durchwandern glaubte. Nun er nicht mehr in den Sturm hineinjammerte, nun er keine Qualen der unermesslichen Himmelsbläue mitteilte, hatte sich ihm das Unendliche mit Dunst verschleiert.

Es währte nicht lange, so konnte er nicht mehr ausgehen. Er saß nun ganze Tage am Fenster und schaute auf das Meer hinaus, das er wieder lieb gewann, weil es seinen Tod beschleunigte, denn das dumpfe Getöse der Wellen erdröhnte in seiner Brust, dass er hätte weinen mögen. Auch fühlte er sich erleichtert, vernichtet wenn sich sein Blick in der Unendlichkeit des Himmels und des Wassers verlor. Die fleckenlose Reinheit des blauen Gewölbes entzückte den zarten Kranken; nichts verletzte seine geschwächten Augen an dem breiten azurnen Dom, der ihm als der Eingang in das Jenseits erschien. Weit im Hintergrunde schaute er manchmal eine blendende Helle, in die er sich gern aufgelöst hätte.

Dann kam es so weit, das er das Bett hüten musste.

Hier hatte er nur noch die fahle Zimmerdecke vor den Augen. Jetzt sah er den ganzen Tag über den harten und kalten Kalkputz an und es dünkte ihn, er sei schon gestorben und liege in der Erde gebettet.

Da ergriff ihn tiefe Schwermut. Die Erinnerungen erwachten in der Stille und Öde, die ihn umgab. Er dachte an das Leben, drückte die Augen ein und ließ seine ganze Vergangenheit an seinem Geiste vorüberziehen. Von da an sah er auch die Zimmerdecke nicht mehr, sondern schaute nur in sich selbst hinein. Aber die Stunden, die er so hinbrachte, waren ohne Bitterkeit, denn er fand in seinem Gewissen nichts, weswegen er sich Vorwürfe hätte machen müssen.

In seinen Träumereien schwebten ihm beständig Georgs und Jeanne's lächelnde Gesichter vor. Aber jetzt trösteten und erfreuten ihn diese Bilder, statt ihn wie früher fieberhaft zu erregen. War doch ihr Glück sein Werk, und konnte er doch mit dem Bewusstsein dahinscheiden, dass die einzigen Wesen, die er auf der Welt liebte, durch ihn für immer vereinigt waren.

In dem hellsichtigen Zustande, der dem Tode vorausgeht, erschien ihm seine Mission in ihrem richtigen Lichte. Er sah ein, dass er durchaus im Sinne seiner Wohltäterin gehandelt hatte. So begriff er jetzt auch dass sogar seine Liebe zu Jeanne ein notwendiges Erfordernis seiner Pflichterfüllung gewesen war. Denn er würde Jeanne nicht so eifrig behütet haben, hätte er sie nicht geliebt. Frau von Rionne hatte also auf ihrem Sterbebette die Zukunft richtig vorausgeahnt, indem sie offenbar annahm, dass Daniel ihre Tochter lieben, sie mit der Sorgfalt eines Liebenden behüten und wenn es sein müsste, sich aufzuopfern und zu sterben verstehen würde.

Eines Tages jedoch beschlich ihn ein Zweifel, sodass er beinah wieder in seine alte Seelenpein zurückgefallen wäre. Er kam nämlich auf die Vermutung, dass die Verstorbene einen Hintergedanken gehegt, ihm Jeanne zur Gattin bestimmt hätte. Vielleicht stimmte es nicht mit ihren Wünschen überein, wenn er ihre Tochter einem Andern übergab. So lebhaft stellte er sich diese Möglichkeit vor, dass sein Herz sich wieder regte und das Leben wieder in ihn zurückflutete.

Aber es wurde ihm bald klar, dass dieser Gedanke nur ein Erzeugnis moralischer Schwäche, nur der letzte Schrei seiner Leidenschaft war. Er erinnerte sich mit schwermütigem Lächeln seiner Hässlichkeit, die ihn von vornherein dazu verurteilt hatte, nie Gegenliebe zu finden, wenn er liebte. Er hatte also ebenso weise und vernünftig wie selbstlos gehandelt. Mit dieser Überzeugung zogen von Neuem Ruhe und Frieden in sein Herz ein; er durfte sich sagen, dass er aus dem Kampfe in jeder Hinsicht mit Ehren hervorgegangen sei.

Nun ging es auch mit ihm zu Ende. Eines Morgens trat der Todeskampf ein. Eine alte Nachbarin setzte sich neben sein Bett, um ihm die Augen zuzudrücken, so bald alles vorüber sein würde.

Nie kam eine Klage über seine Lippen. Er glaubte die See, deren Gebrause er hörte, weine über ihn, und dies war ihm ein süßer Trost.

Als er die Augen öffnete, um noch einmal das Tageslicht zu schauen, fiel sein Blick auf Georg und Jeanne, die mit Tränen in den Augen an seinem Bett standen. Er wunderte sich nicht, sie zu sehen.

»Wie gut von Euch, dass Ihr gekommen seid!« sagte er lächelnd mit schwacher Stimme. »Ich wagte nicht zu hoffen, dass es mir vergönnt sein würde, Euch Lebewohl zu sagen. Denn ich wollte Eure Freude nicht stören und Euch nicht traurig stimmen. Aber ich bin recht froh, dass ich Euch noch einmal sehen und Euch danken kann.«

Jeanne betrachtete ihn voll schmerzlicher Bewegung. Es dünkte sie, das blasse Gesicht sei durch den herannahenden Tod verschönert worden, und von der breiten Stirn strahle eine Glorie aus, die eingesunkenen Augen hätten eine zarte Durchsichtigkeit angenommen, die Lippen umschwebe ein göttliches Lächeln. Die junge Witwe dachte, sie hätte nie ein so edles und liebreiches Gesicht geschaut.

»Daniel«, sagte sie, »warum haben Sie uns getäuscht?«

Der Sterbende richtete sich empor und sah seine Freunde vorwurfsvoll an.

»Sagen Sie nicht so etwas, Jeanne«, antwortete er. »Ich weiß gar nicht, was Sie meinen.«

»Wir wissen alles und wollen es nicht gleichgültig mit ansehen, dass Sie durch unser Verschulden sterben. Wir bringen Ihnen das Glück.«

»Nun, wenn Ihr alles wisst, so verderbt mir mein Werk nicht.«

Er lehnte sich in das Kissen zurück. Das wenige Blut, das noch in seinen Adern floss, war ihm in die Wangen gestiegen. War er doch noch in dieser seiner Sterbestunde ein großes blödes Kind geblieben, dass sein Genügen an verborgener Selbstaufopferung und stummer Liebe fand. Jetzt trat Georg vor.

»Habe Mitleid mit mir, teurer Freund, und hinterlasse mir keine Gewissensbisse. Nachdem wir achtzehn Jahre wie Brüder zusammengelebt haben, kann ich's doch nicht übers Herz bringen, dass Dir durch mich solch ein Unglück widerfährt, und entsage mit ruhigem Herzen ...«

»In meinem Herzen ist es noch viel ruhiger als in Deinem, lieber Georg«, erwiderte Daniel lächelnd. »Mit mir ist's vorbei, ich werde sterben. Jetzt bedaure ich, dass Ihr gekommen seid, denn ich merke, dass Ihr keine Vernunft annehmen wollt. Ihr sagt, Ihr wisst alles, und wisst doch nichts; denn Ihr wisst nicht, dass ich zufrieden und ruhig sterbe, dass es mich glücklich macht, Euch vereint zu sehen. Ich habe Euch um Verzeihung zu bitten, wegen der schwachen Stunden, die ich gehabt habe.«

Während Georg über diese Worte vor Rührung weinte, erfasste er seine Hand und fragte ihn leise:

»Nicht wahr, Du wirst sie sehr lieb haben? Denn ich gehe in die ewige Ruhe ein, ich bin müde.«

Dann sah er Jeanne mit inniger Zärtlichkeit an.

»Also Sie wissen alles?« fuhr er fort. »Nun, dann wissen Sie auch, dass Ihre Mutter eine Heilige war und dass ich ihr Andenken heiliggehalten habe. Sie waren noch ganz klein, als sie starb; und spielten auf dem Teppich. Ich erinnere mich noch ganz genau. Ich nahm Sie auf meinen Arm und Sie weinten nicht, Sie lächelten Ihre Mutter an.«

»Vergeben Sie mir«, bat Jeanne unter Tränen, »dass ich so hart gegen Sie gewesen bin in meiner Unwissenheit.«

»Ich habe Ihnen nichts zu vergeben, ich bin Ihnen nur Dank schuldig für das Glück, das ich in der Liebe zu Ihnen gefunden habe. Was ich für Sie getan habe, kommt den Wohltaten, die Ihre Mutter mir erwies, nicht gleich. Sie haben mir Güte erzeigt, indem Sie solch ein erbärmliches, unbedeutendes Wesen wie mich um sich geduldet haben. Wenn Sie wüssten, welche Wonnen ich so oft gekostet habe, wenn ich Sie betrachtete! Also glauben Sie mir, Sie haben mich reichlich belohnt und ich darf mich nicht beklagen. Ich sterbe in Frieden und glücklich.

Sein Blick begann unsicher zu werden, seine Stimme erstarb. Er sah Jeanne entzückt an. Sogar sein letztes Gefühl war Anbetung.

»Aber so dürfen Sie nicht sterben! Ich liebe Sie ja!« rief Jeanne außer sich vor Schmerz.

Da flackerte Daniels Lebenslicht noch einmal auf. Seine Augen erweiterten sich, er setzte sich aufrecht und rief erschrocken:

»Reden Sie nicht so etwas, Sie tun mir weh, Sie böses Kind. Haben Sie doch Mitleid mit mir!«

»Ich liebe, liebe Sie!« rief Jeanne mit Nachdruck.

»Nicht doch, das ist nicht möglich, Sie lügen, weil Sie glauben, ich bin unglücklich, und mich trösten wollen.

Wie ich sagte, ich bin glücklich. Da ... sehen Sie ... ich ersticke ... Das ... kommt davon, ... dass Sie so etwas Törichtes gesagt haben.«

Er beruhigte sich und lächelte von Neuem, während eine lichte Klarheit von seinem Antlitz ausstrahlte.

»Kommt näher an mich heran«, sagte er und steckte seine abgemagerten Arme nach ihnen aus. »Gebt mir Eure Hände, hört Ihr?«

Als Georg und Jeanne dicht an ihn herangetreten waren, ergriff er ihre Hände und legte sie ineinander. So hielt er sie in den seinigen umschlossen, bis das Opfer vollbracht, bis er gestorben war.

Und in dem Augenblick, wo er verschied, wo er schon auf der Schwelle des Unendlichen stand, hörte er in der blendenden Klarheit, in die er einging, eine wohlbekannte, freudenvolle Stimme, die zu ihm sprach: »Du hast sie einem würdigen Manne gegeben, Deine Aufgabe ist erfüllt. Komm zu mir!«